FKK
FRECH KURZ KRITISCH
Gereimtes und Ungereimtes

Renate Spiecker

FKK

FRECH KURZ KRITISCH

Gereimtes und Ungereimtes

Bibliografische Information der Deutschen Nationalbibliothek
Die Deutsche Nationalbibliothek verzeichnet diese Publikation
in der Deutschen Nationalbibliografie; detaillierte bibliografische
Daten sind im Internet über https://portal.dnb.de/ abrufbar.

© 2020 Renate Spiecker
Umschlaggestaltung: Ulrike Früchtnicht
Satz, Herstellung und Verlag:
BoD – Books on Demand, Norderstedt

ISBN: 978-3-7526-5075-4

Inhalt

Das Toilettenpapier

Selten schätzt man das, was man im Überfluss besitzt.
Das wurde gerade in Corona-Zeiten durch den Mangel
an Toilettenpapier bestätigt.
Das Toilettenpapier, treffender Klopapier genannt, ist
ein für den täglichen Gebrauch bestimmter Artikel wie
Zahnpasta, Seife und vieles andere.
Es liegt in Massen in vielen Varianten in den Super-
marktregalen.
Das Papier gibt es ein- bis fünflagig und demzufolge
auch in verschiedenen Preisklassen. Es wird meist mit
Bedacht, zumeist von Frauen, für den baldigen Gebrauch gekauft.
Auf viele, na, sagen wir auf manche Männer scheinen
diese Rollen aber eine ungeheure Anziehungskraft aus-
zuüben.

Meine Freundin Anna hat sich oft über die ausufernden
Toilettenpapierkäufe ihres Mannes amüsiert. »Ich weiß
gar nicht mehr, wohin mit den Rollen«, hat sie gestöhnt.
»Ich glaube, er hat ein Klopapiertrauma.«
»Was ist denn ein Klopapiertrauma?«, fragte ich.
»Weißt du«, erwiderte sie, »er hatte eine Studentenbude
in einem uralten Haus, das hatte nicht mal ein WC,
sondern nur ein Plumpsklo, und an der Wand hing an
einem Haken handlich geschnittenes Zeitungspapier.«
Auch mein Mann kehrte von Einkäufen stets mit den
Papierrollen zurück.

Dieses Kaufverhalten scheint viele Männer zu befallen. Vielleicht ist das ein Überbleibsel aus der Urzeit, als sie alle Jäger und Sammler waren.

Auch ich habe mich über diese Einkäufe meines Mannes immer lustig gemacht.
Jetzt in Corona-Zeiten bin ich direkt glücklich darüber.
Bei mir fehlte es an nichts. Mein Schrank war mit Toilettenpapier gut bestückt.
Dreilagig und vierlagig, ordentlich geordnet, weiß und sanft, ohne jeden Firlefanz, Blümchen oder Witze oder, was es ja auch gibt, Rätsel zum Lösen und Duft, so etwas kaufte mein Mann nur, wenn es im Angebot war.

Zum Valentinstag hatte er mir jedoch Papier mit Herzchen und Blumenduft geschenkt. Die Rollen mit dem Namen »Happy End« waren ein Renner.

Einlagiges gibt es nicht bei uns. Das ist meist grau und kratzig, daher auch oft Schleifpapier genannt. Damit kommt man nur noch in öffentlichen Toiletten in Berührung.
Auch Fünflagiges haben wir nicht. Das ist meinem Mann zu teuer.
Wenn auch die Werbung immer verlockend klingt.
Sanft, flauschig, saugfähig und griffig soll es sein.
Was soll das? Das Papier soll seinen Zweck erfüllen.
Was hat mein Hinterteil von flauschig? Es ist doch kein Pullover.
Also, mein Schrank war gut gefüllt, aber langsam ging unser Vorrat zu Ende.

Da kam mein Mann strahlend mit einer Packung Klopapier von der Tankstelle nach Hause. Er hatte die letzte Packung, die neben der Kasse gelagert war, erbeutet (ich sage nur Jäger und Sammler). Es sah grau aus, war kratzig und hart, mit andern Worten einlagig, und teuer war es auch. So ist es, wenn die Nachfrage größer ist als das Angebot.

Aber wir brauchten nicht wie die alten Römer auf den Schwamm zurückzugreifen (das ist übrigens historisch bestätigt) oder zum weichen Waschlappen oder zum Zeitungspapier.

Damit wir für die Zukunft gewappnet sind, wer weiß, wann die Schlacht um das Klopapier wieder beginnt, haben wir beschlossen, uns davon unabhängig zu machen.

Mein Mann meinte: »Wir lassen uns ein Bidet einbauen.«

Das ist ein kleines, niedriges, längliches Waschbecken (man kann darin auch gut die Füße waschen), in das man sich hineinsetzt und wo man sich untenherum säubern kann.

Der Po bleibt aber nass, ein Tuch zum Trocknen ist noch erforderlich.

Aber ich hatte etwas Neues in Erfahrung gebracht.
Ein Aqua-WC.
Dieses WC macht ein Bidet unnötig, es duscht den Po und dann wird man von unten auch noch geföhnt. Fürs Füßewaschen ist es aber nicht geeignet.
Das ist die Zukunft. Ich fürchte nur, dass die Installation sehr teuer wird.

Ein wenig quält mich aber auch der Gedanke, was mein Sammler dann wohl in Massen einkauft. Vielleicht diese »Wisch und Weg«-Haushaltsrollen.

Veilchen oder Rose

Eine Freundin schrieb mir einst ins Poesiealbum rein,
ich sollte wie das Veilchen im Moose sein,
bescheiden, sittsam und still
und nicht wie die stolze Rose, die immer bewundert
sein will.

Diese Kritik hatte mich sehr getroffen,
auf meine Freundschaft konnte sie nicht mehr hoffen.

Ich sollte im Schatten am Boden kriechen
und nur geliebt werden, weil alle gern an mir riechen?

Da wäre ich lieber eine Rose mit wildem Triebe,
Symbol von Lust und Liebe.
Ich würde im Beet stolz in strahlender Sonne prangen,
würde gepflückt werden mit heißem Verlangen,
möcht nicht wie das Veilchen im Schatten steh'n,
wo mich kaum jemand bekommt zu seh'n.

Manche würden meine Dornen stechen,
so könnt ich mich an jedem Frevler rächen.
Mein Duft würde die Menschen betören.
Sie würden wieder auf ihre Herzen hören.
Meine roten Blüten würden sie entzücken
und in das Paradies entrücken.
Sie würden sich niederknien und mich pflücken
und ihre Liebsten damit beglücken.
Vielleicht verletzen sie sich an meinen Dornen dann,

doch in der Liebe man sogar an gebrochenem Herzen
sterben kann.

Die Blütenblätter behalten auch getrocknet den Duft,
sie erfüllen noch lange die Luft.
Das verleiht der Rose ein langes Leben,
danach will doch jeder streben.

Nicht wie ein Veilchen, wie eine Rose möchte ich sein.
Das schreibe ich mir in mein Poesiealbum rein.

Wir müssen mal

Wir treffen uns alle acht Wochen, trinken Kaffee, soweit es der Blutdruck zulässt, essen kalorienarmen Kuchen und reden über Gott und die Welt.
Um ehrlich zu sein, über Gott reden wir weniger, über die Welt um uns herum dafür umso mehr.
Wir, das sind Frida, Minna, Annemarie, Grete, Julia und ich.
Wir – mit Ausnahme von Julia – gehören jetzt in Corona-Zeiten alle zur Risikogruppe.
Das hätten Sie ja auch unseren Namen entnehmen können. Wer heißt heute noch Minna oder Frida? Na, vielleicht ist der Name Frida heute doch wieder häufiger, seit die mexikanische Malerin Frida Kahlo große Berühmtheit erlangte.

Also wir alle, mit Ausnahme von Julia, haben unsere besten Zeiten schon hinter uns. Wären wir eine Ware im Discounter, ständen wir kurz davor, aussortiert zu werden.
Bei unserem letzten Treffen wirkte Julia sehr bedrückt.
»Was ist los, Julia?«, haben wir gefragt.
»Ich habe mich mal wieder über meinen Mann so geärgert«, erwiderte sie.
Kevin ist Julias Ehemann und sie sind im Vergleich zu uns Uralt-Ehefrauen noch nicht sehr lange verheiratet.
»Erzähl«, riefen wir einstimmig.
Und Julia, mittlerweile mit hochrotem Kopf und schriller Stimme, legte los: »Ich hasse einen Satz, den Kevin

immer benutzt, wenn er mir Arbeit aufs Auge drücken will. Er heißt:

Wir müssen mal …

Wir müssen mal die Spülmaschine ausräumen, wir müssen mal wieder einkaufen, wir müssen den Schuppen fegen. Wir müssen, wir müssen. Ich kann es nicht mehr hören. Und heißen soll es:

Mach mal.

Der Satz versetzt mich in Wut und dann tue ich trotzdem alles, was wir mal machen müssen.«

Wir sahen uns alle an und lachten laut, den Satz kannten wir. Das sagten wir auch.

»Und ihr ärgert euch dann nicht?«, fragte Julia.

»Nein«, sagte Frida, »ich nehme ihn in den Arm und sag: ›Schatz, das ist eine hervorragende Idee, du solltest gleich damit anfangen.‹«

Julia versprach, künftig auch so zu reagieren, aber wir bezweifeln, dass sie es schafft.

So zu reagieren, schafft man nur nach vielen, sehr vielen – 30, 40 oder 50 – gemeinsamen Jahren.

Löffelchen oder Adler

Meine Freundin Helga kam mir auf der Straße lachend entgegen und überfiel mich geradezu mit den Worten: »Sag mal, wie schlaft ihr eigentlich?« Ich dachte, ich höre nicht richtig, und wollte mir schon eine solche Frage zu meinem Intimleben verbieten. Sie bemerkte meinen Ärger und fuhr immer noch lachend fort: »Ich komme gerade von einem Kaffeeklatsch.« So nannten wir unter uns die Einladungen unserer Freundinnen, na, ist ja auch zutreffend, geklatscht wurde da immer tüchtig – über die, die nicht anwesend waren. »Du weißt ja, es wird über vieles gesprochen, und diesmal waren die ehelichen oder vorehelichen Schlafgewohnheiten dran.« Sie sah mein entsetztes Gesicht und fuhr fort: »Es ging nicht um das Wie, ob oben oder unten oder wie lange oder wie oft, sondern darum, ob man noch das Ehebett teilt oder wegen der von unseren Männern verursachten Geräusche wie Schnarchen, Röcheln oder lautstarkem Herumwälzen das Ehebett verlässt und das Zimmer wechselt.«

Jetzt war ich doch gespannt, was unsere Freundinnen dazu gesagt hatten, denn auch ich gehörte zu den Zimmerwechslern.

»Also«, sagte Helga, »die Meinung war in unserer Altersgruppe einhellig: Lasst ihn allein und ungehindert schlafen. Kneift ihn nicht, weckt ihn nicht und zwingt ihn nicht zum Wechsel von Bauch-, Seiten- oder Rückenlage. Nur dann haben wir am Morgen einen ausgeschlafenen, gut gelaunten Partner. Nur Anja, die Tochter von Ellen, war geradezu empört und hat erklärt: ›Wir haben uns ein extra schmales Ehebett gekauft und schlafen immer ganz dicht aneinander gekuschelt, LÖFFELCHEN ODER ADLER.‹ Wir haben uns verständnislos angeschaut.

Unter der Löffelchenstellung konnten wir uns ja etwas vorstellen, da liegen sie also dicht Bauch an Rücken geschmiegt, wie die Löffel in der Schublade. Aber Adler? Wir wagten aber nicht, weiter nach der Adlerstellung zu fragen. Diese Blöße wollten wir uns nicht geben. Anja hielt uns ja jetzt schon für altmodisch. Die Adlerstellung blieb unserer Fantasie überlassen. Wahrscheinlich liegen sie Rücken an Rücken, die Gesichter voneinander abgewandt, berühren sich vielleicht auch nur am Po oder nur an den Füßen. Beide haben dann mehr Freiraum, Freiheit, ohne den Kontakt zu verlieren. Vielleicht fühlen sie sich dann frei wie ein Adler – nach der Löffelchenstellung. Vielleicht rührt der Name aber auch daher, dass die Rückenstellung, wenn noch die Arme seitlich ausgebreitet sind, mit viel Fantasie einen großen Vogel, einen Adler, erahnen lässt. Wir Uralt-Ehefrauen haben uns nur angesehen und waren uns einig: Es geht nichts über ein eigenes Bett. Wie lange Anja und ihr Mann wohl brauchen, um das zu merken?«

Der nette Mann und seine unmögliche Frau

Haben Sie auch ein solches Paar in Ihrem Bekanntenkreis: den netten Mann und seine unmögliche Frau?
Sie nicken zustimmend, dann wissen Sie ja, was ich meine.
Seit Kurzem jedoch denke ich über diese Paare anders.
Und das kam so:
Meine Freundin Helga, die man hinter ihrem Rücken auch als unmögliche Person bezeichnet, klagte mir ihr Leid.
»Ich weiß, dass mich alle für eine unmögliche Frau halten. Ich habe diesen Ruf. Eigentlich sollte ich darüber lachen, aber es trifft mich doch. Nun, ich bin von Natur aus etwas vehement und impulsiv, ehrlich und direkt und scheue mich nicht, unangenehme Dinge zu benennen, und das ist in unserer Gesellschaft geradezu skandalös. Taktieren, lavieren, schmeicheln und heucheln, das ist angesagt. Darüber hinaus gibt es in unserer Gesellschaft viele Schmarotzer. Geiz ist geil, scheinen viele verinnerlicht zu haben. Also, mein Mann ist Freiberufler – auch so eine dumme Bezeichnung. Frei ist er allerdings von bezahltem Urlaub, bezahltem Krankfeiern, von Renten- und Pensionsansprüchen. Mein Mann gehört der beratenden Zunft an, salopp gesagt, er verdient seinen – unseren – Lebensunterhalt mit Ratgeben. Also mit seinem Kopf. Womit ich um Himmels willen nicht gesagt haben will, dass Kopfarbeit bei anderen Berufen nicht benötigt wird. Diese Art der Berufsausübung wird jedoch

gern unentgeltlich in Anspruch genommen oder man meint, sie unentgeltlich in Anspruch nehmen zu können. Wo wir uns auch befinden, auf Partys, dem Sportplatz, ja selbst beim kurzen Gespräch auf der Straße, wird mein Mann um Rat gefragt. ›Kannst du mir mal helfen?‹, heißt es und dann kommt es … Mein Mann, immer zuvorkommend und hilfsbereit – daher der nette Mann – setzt an und beginnt mit seinen Ausführungen, aber er kommt nicht weit, ich fahre vehement dazwischen und verweise auf den Besuch in seinem Büro. Um es noch mal zu sagen, er verdient unseren Unterhalt mit Ratgeben. Die Reaktionen sind verblüffend, sie reichen von erschrocken über erstaunt bis schockiert. Männer akzeptieren den Hinweis meist ohne Gefühlsausbrüche. Frauen jedoch reagieren pikiert und fügen meist hinzu: ›Wir wollten doch nur …‹ Und dann gehen sie und ich bin wieder die unmögliche Frau. Aber habe ich nicht recht?

Welcher Bäcker verschenkt seine Brötchen, welcher Schlachter sein Fleisch? Und bei meiner Freundin, der Blumenhändlerin, bekomme ich die Blumen auch nicht umsonst, nicht einmal zum Einkaufspreis. Da sieht man es. Mehl, Fleisch und Blumen gelten was, Kopfarbeit ist nichts. Für den Kopf hat man ja nichts bezahlt, den hat man ja einfach so bekommen. Ich fange schon wieder an, wütend zu werden. Vielleicht ist der Ruf ja wirklich zutreffend. Aber eins weiß ich genau. Mein Mann ist deshalb so nett, weil ich alles Unangenehme sage und tue.

Ich, seine unmögliche Frau.«

Moderne Kunst

Meine Freundin Martha fand, wir müssten mal wieder etwas für unsere Bildung tun, und ich stimmte zu.

Wir begaben uns auf anstrengende Reisen und eilten von Museum zu Museum, von Galerie zu Galerie, von Konzert zu Konzert. Ich war völlig erschöpft und nicht mehr aufnahmefähig. Martha jedoch war geradezu von einer Bildungssucht besessen. Jede Veranstaltung endete mit ihrem Lieblingssatz: »Können wir sagen: ›Da sind wir gewesen!‹«

Das ist ja natürlich für manche Leute auch eine Bildungsmotivation.

Am letzten Tag besuchten wir ein privates Museum.

Es enthielt eine naturkundliche Sammlung (viele ausgestopfte Tiere, was ich grauslich fand), historische Objekte und moderne Kunst.

Ich bin kein Kunstkenner, aber Uecker, der Nagelkünstler, oder Richter, der mit seinem Kirchenfenster im Kölner Dom den Klerus gegen sich aufgebracht hat, oder Beuys sagen mir schon etwas.

Sie erinnern sich vielleicht an die berühmte Fettecke von Beuys.

Er schmierte einst Butter in eine Ecke eines Ausstellungsraumes, was später von einem Hausmeister oder einer Putzfrau, so genau weiß ich das nicht mehr, wegen des ranzigen Geruchs entfernt wurde, was zu einem Aufschrei in der Kunstszene führte.

Ich will mir weitere Aufzählungen ersparen.

Sie sollen nur wissen, dass ich in moderner Kunst nicht ganz unbedarft bin.

Aber was mir da als moderne Kunst geboten wurde, zog mir sprichwörtlich die Schuhe aus.

Da lagen in einer Glasvitrine ein zusammengefaltetes Damenhöschen und als Zierde obendrauf ein braunes Häufchen, gerollt und mit einem Stips nach oben zeigend. Naturgetreu nachgebildet. Die Nase brauchte man sich jedoch nicht zuzuhalten. Geruch wurde nicht simuliert.

Um es mal ganz deutlich zu sagen, da war eine bekackte Unterhose als Kunstwerk ausgestellt.

Ich lachte laut und sagte zu Martha: »Dieser vermeintliche Künstler macht sich doch über uns lustig!«

Und was antwortete sie? »Du bist ein Banause!«

Da ich nicht genau wusste, was ein Banause ist, habe ich erst einmal gegoogelt und habe diese Erklärung gefunden: Ein Banause ist eine Person, der jegliches Interesse, Gefühl oder Verständnis für geistige oder künstlerische Dinge fehlt.

Ich überlasse es Ihrem Urteil, ob ich ein Banause bin, weil für mich ein Haufen, ich will es nicht noch einmal so drastisch sagen, auf einem Damenslip kein Kunstwerk ist.

Eine Bildungsreise mit Martha habe ich nie mehr gemacht.

So wird er treu

Frauen es gern hören,
wenn Männer ewige Treue schwören.
Doch es gibt so viele hübsche Frauen auf der Welt,
daher das Versprechen nur wenig zählt.
Drum Frauen, gebt nichts auf die Schwörerei,
eine Henne legt nun mal kein goldenes Ei.
Strengt euch einfach an,
bekehrt zur Treue euren Mann.

Kauft eifrig mit der Scheckkarte ein,
dann müssen sie sich plagen,
damit das Geld kommt wieder herein.
Wenn sie von früh bis spät arbeiten müssen,
fehlt ihnen die Zeit, eine andere zu küssen.
Spannt sie auch im Haushalt ein.
Lasst sie kochen, waschen, putzen,
dann können sie die Zeit nicht anderweitig nutzen.

Zieht euch sexy an,
das liebt jeder Mann.
Tragt eng den Pullover und kurz den Rock,
ihr seid zwar kein Reh,
doch er wird zum Bock.
Zeigt ihm eure Liebe.
Erfüllt all seine Triebe.
Seid nie zänkisch, immer nett,
ganz besonders aber im Bett.
Den Mann möchte ich seh'n,
der sich dann noch wünscht, mal fremdzugeh'n.

Das verräterische Telefonat

Ich war bei meiner Freundin Hanna zum Geburtstag eingeladen. Bei solchen Veranstaltungen traf sich zumeist die gleiche Clique: sechs Damen im fortgeschrittenen Alter, die sich gut verstanden, an vielen Dingen interessiert waren, das politische Weltgeschehen kommentierten und über Abwesende auch mal ausgiebig klatschten.

Heute vermisste ich jedoch Esther und ich erkundigte mich nach ihr.

Diese Frage hätte ich aber besser nicht gestellt.

Hanna wurde puterrot und legte mit schriller Stimme, wie ich sie bei ihr noch nie gehört hatte, los. »Ihr kennt mich ja, ich bin immer schnell und manchmal etwas huschig, vor allem am Telefon.«

Wir lachten, sie hatte sich gut beschrieben. Sie nannte am Telefon selten ihren Namen und begann sofort mit einem Redeschwall.

Dann fuhr Hanna fort, ihre Stimme war immer noch schrill. »Ich hatte lange nichts von Esther gehört und wollte mich mal nach ihr erkundigen. Esther hat sofort gefragt: ›Ihr wollt doch wohl nicht absagen?‹ ›Wieso absagen?‹, habe ich erwidert. ›Na‹, hat Esther dann weiter ausgeführt, ›wir haben doch vor zwei Wochen lange miteinander telefoniert und du hast doch zugesagt, dass ihr, du und dein Mann, zu meiner Geburtstagsnachfeier kommt. Ich habe dir doch noch erzählt, dass ich Hanna und ihren Mann nicht eingeladen habe. Und du hast doch noch gebeten, dass ich mir das noch mal überlegen soll. Ich habe dir auch noch den Grund dafür gesagt, warum ich sie nicht mehr einladen will, da sie uns im letzten Jahr nicht ein Mal eingeladen hat, weil sie wohl andere Freunde gefunden hat, die sie uns vorzieht.‹ Ich habe vergebens versucht, ihren Redeschwall zu unterbrechen. ›Mit wem glaubst du eigentlich zu telefonieren?‹, habe ich gefragt. ›Hier spricht Hanna.‹

Dann war Stille.

Ich habe noch geantwortet: ›Weißt du, ich habe in der letzten Zeit keine Einladungen gegeben, und andere Freunde habe ich euch auch nicht vorgezogen. Ich wünsche dir eine schöne Feier.‹ Dann habe ich aufgelegt. Seitdem haben wir nichts mehr voneinander gehört. Ein wenig vermisse ich ihre Einladungen aber doch, ihre Kuchen waren immer vorzüglich und wir haben immer viel gelacht, vor allen Dingen über ihre Pupsstühle. Esther ist, wie ihr ja alle wisst, eine vorzügliche Hausfrau. Alles ist superrein und ordentlich, selbst Blätter in ihrem Garten haben keine Überlebenschance. Ihre Vorstellung von Sauberkeit und Ordnung geht so weit, dass die Sitze ihrer stoffbezogenen Esszimmerstühle immer noch mit den durchsichtigen Plastiküberzügen versehen sind. Sie kleben an den Hinterteilen und wenn man sich etwas aufrichtet und aufsteht, füllen sie sich wieder mit Luft und geben dann, wenn man sich wieder setzt, Geräusche von sich, die man ansonsten ungehindert und ungeniert nur auf dem stillen Örtchen von sich gibt. Viel Spaß machte es, wenn Gäste geladen waren, die die Ursache nicht kannten und bei den von

ihnen verursachten Geräuschen verschämt in sich zu-
sammensanken. Nach ein paar Likörchen, wenn wir so
richtig in Stimmung waren, veranstalteten wir geradezu
ein Orchester. Aufstehen und sitzen, einzeln oder zu
zweit, zu dritt oder alle zusammen. Die Akustik war
grandios. Die Schwergewichte gaben die lautesten Töne
von sich wie in einem Chor die Bässe. Aber«, so endete
Hanna, »selbst der beste Kuchen und die lächerlichsten
Kissen werden unsere Freundschaft nicht wieder aufle-
ben lassen.

Im Geschäftsleben mag der Satz
›Ich gebe, damit du gibst‹
Berechtigung haben. Freunde rechnen nicht auf.«
Ihre Stimme war wieder normal und die Röte im Ge-
sicht war auch verschwunden.

Jeder ist seines Glückes Schmied
oder
Moral heutzutage

Man muss seine Sehnsüchte selber stillen
und seine Wünsche selbst erfüllen.
Jeder ist Schmied vom eigenen Glück.
Nutz jede Chance, sie kommt nicht zurück.

Will man schnell zu Geld gelangen,
muss man einen Reichen fangen.
Leg in die Falle nicht Speck für die Maus,
denk dir etwas Besseres aus.
Umgarne ihn, erweck seine Triebe,
sodass er träumt von der großen Liebe.
Küsse ihn feurig und sei immer nett,
doch lass ihn nicht schnell in dein Bett.
Wart damit, bis du hast seinen Ring an der Hand
und warst mit ihm beim Standesamt.
Hüte dich, einen Ehevertrag zu schließen,
sonst kannst du nach der Scheidung
seinen Reichtum nicht mehr genießen.

Willst du zur Prominenz gehören,
dürfen dich Sitte und Anstand nicht stören.
Lass den Busen blitzen und die Hüllen fallen,
das wird den meisten sehr gefallen,
dann kommst du ins Fernsehen und in die Zeitungen
rein,
vielleicht lädt man dich dann auch ins
Dschungelcamp ein.

Deiner Hände Arbeit allein
bringt dir keinen Reichtum ein.
Du kannst im Leben nur siegen
mit Lügen und Betrügen.
Beute die Schwachen und Dummen aus,
nur das verschafft dir der Welt Applaus.

Doch lass dich nicht ertappen,
denn dann ist es aus,
du verlierst vielleicht alles
und bist wieder arm wie 'ne Maus.

Das etwas andere Hotel

»Wir müssen mal wieder nach Köln fahren«, forderte mein Mann.

Wir haben viele Jahre dort gelebt, ehe wir nach Norddeutschland gezogen sind, und ab und an sehnte er sich nach der Kölner Lebensart, dem Rhein und dem Kölsch (ein leichtes süffiges Bier).

»Ich habe im Internet ein kleines, feines Hotel entdeckt und bereits gebucht«, fuhr er fort. »Recht teuer, aber wie sagt man so schön, was nix kostet, ist auch nix, und das Beste ist, es liegt direkt am Rhein.«

Also auf nach Köln.

Das Hotel lag herrlich, direkt an der Rheinpromenade. Wir checkten ein und betraten das Zimmer. Vor uns lag ein großer Raum. An einem Ende befand sich das Doppelbett, etwa zwei Meter vom Fußende entfernt verengte sich der Raum zu einer großen Nische, die durch eine durchgehende Stufe zugleich erhöht war, es erweckte den Anschein einer Bühne.

Und auf dieser Bühne befand sich die Nasszelle, wie man das heute ja so nennt.

Es gab keine Tür, keine Trennwand.

Man blickte also vom Bett direkt auf die Waschbecken.

Es erinnerte mich ein wenig an diese Big-Brother-Sendung, wo sich alles öffentlich abspielte.

Na, hier waren Toilette und Dusche wenigstens nicht einsehbar.

Und Kameras gab es offensichtlich auch nicht.

Wozu uns die gegenseitige Zurschaustellung von Waschungen, Schminken und Rasieren wohl inspirieren sollte?

Dann blickte ich weiter suchend umher. Auf der Waschkonsole lagen die üblichen Artikel. Man guckt ja immer, was man nach Hause mitnehmen kann. Ich sah ein kleines Kästchen und öffnete es neugierig, und was befand sich darin in rosa Papier eingewickelt? Kondome.

Das hatte ich noch in keinem Hotel vorgefunden. Sie etwa?

Mir drängten sich Assoziationen auf. Sie können sich sicher vorstellen, welcher Art diese waren.

Am nächsten Tag betrachteten wir die Gäste im Frühstücksraum sehr genau. Wir sahen viel älteres Publikum und kamen zu dem Schluss, dass es sich nicht um eine Absteige handeln konnte. Wir sahen keine Goldkettchen, keine den Busen freizügig zur Schau stellenden Damen. Alle wirkten genauso bieder und brav wie wir. Mein Mann merkte allerdings an: »Das besagt gar nichts, auch ältere Männer wollen sich amüsieren!«

»Na, dann aber wohl nicht mit älteren Damen«, erwiderte ich.

Beim Auschecken konnte ich es mir aber nicht verkneifen zu bemerken: »Kondome haben wir noch nie in Hotels vorgefunden.«

Die Antwort lautete nur: »Wir sind eben ein etwas anderes Hotel.«

Die Nase

Sie ist groß oder klein,
grob oder fein,
hübsch oder hässlich,
für unser Leben unerlässlich.
Die Nase prägt unser Gesicht,
so wie Würze ein Gericht.
Daher lassen sie sich viele operieren,
sie alle nach einer schöneren gieren.
Römisch, griechisch oder stupsig soll sie sein,
das finden die meisten apart und sehr fein.

Unsere Nase ist ein Multitalent,
wenn man all ihre Funktionen kennt.
Sie dient zum Atmen, Riechen und zur Immunab-
wehr.
Ohne sie wäre das Leben sehr schwer.
Auch dient sie der Brille zur Stütze,
so wie bei Kälte die Ohren der Mütze.

Dass Liebe durch den Magen geht,
in vielen klugen Büchern steht.
Doch daran glaube ich nicht,
so wenig wie an die Geschicht'
von Jakob und Esau und dem Linsengericht.

Beim Verlieben fängt alles damit an,
dass man sich gut riechen kann.
Pheromone, Lockstoffe, werden von jedem ausgesandt,
der Duft ist entscheidend, nicht Esslust oder Verstand.

Daher haben Parfüms und Deos Hochkonjunktur,
sie pfuschen ins Handwerk der Natur.
Sie übertünchen den Eigengeruch,
man merkt es erst spät, dann kommt es zum Bruch.
Vielleicht gehen deshalb viele Ehen entzwei,
sie haben Deo und Parfüm nicht immer dabei.
Sie merken es erst dann,
dass man sich eigentlich nicht riechen kann.

Ein Hauch von Mercedes

Fußballvereine und Hersteller von Luxuswagen
streben danach,
dass immer mehr »Fans« ihr Label tragen.
Sie vertreiben Artikel wie Mützen, Schals, sogar
Sonnenbrillen,
um damit die Sehnsüchte ihrer Kunden zu stillen.
Diese laufen wie Lemminge den Markenprodukten
hinterher,
sie an den »Mann« zu bringen, fällt den Unternehmen
nicht schwer.

Daher kann man auch Parfüms
unter dem Namen von Autoherstellern kaufen,
die Fahrer sollen mit dem speziellen Duft auf der Haut
für sie Reklame laufen.

Darauf hat auch Mercedes reagiert und das Parfüm
»Mercedes Benz for Men« kreiert.

Welche Duftnote hat den Auftraggebern wohl
vorgeschwebt,
für den, der mit einem Mercedes lebt?

Der Duft sollte doch sicher zur Marke passen,
sollte sie repräsentieren,
das schafft man nicht mit dem Geruch
nach wilden Tieren,
darauf höchstens Porschefahrer reagieren,
sie lieben es, ihre Wagen schnell und wild zu chauffieren.

Die teuren Karossen von Mercedes fahren
aber zumeist Herren in älteren Jahren.
Für Zuverlässigkeit, Sicherheit und Exklusivität
für sie die Marke Mercedes steht.

Das muss das Parfüm sicher überbringen.
Wie konnte das den Herstellern nur gelingen?

Sollte es betörend verströmen den Duft nach Rosen?
Oder den von Heu, Wald und grünen Moosen?

Oder sollte es nach Schweiß, Öl und Leder duften
wie Rocker oder Kerle, die am Fließband schuften?
Nein, das darf nicht sein,
das passt nicht in das Image rein,
dafür ist die Kundschaft viel zu fein.

Der Duft muss frisch, holzig, aromatisch sein,
er muss sich schmeicheln in die Nasen rein.

Er soll auf jeden Fall zur Marke passen,
sonst benutzt man ihn nicht und er bleibt in den Fla-
schen.
Er muss dem Träger Exklusivität verleihen
und ihn aus der Masse heben.
Das kann man mit Kölnisch Wasser nicht erleben.

Nach der Reklame soll er zum Wohlbefinden
des Kunden beitragen,
beim Chauffieren wie auch in allen sonstigen
Lebenslagen.

Das Parfüm sollte zum Zubehör für den Mercedes
werden.
Das verspräche für manche Frauen den Himmel auf
Erden.
Sie könnten am Duft der Männer sofort erkennen,
welche Verehrer einen Mercedes ihr Eigen nennen.

Sie könnten schon beim Kennenlernen viele aussortieren
und in sie erst gar kein Gefühl investieren.
Was wäre aber, wenn manche das Parfüm zwar kaufen,
in Wirklichkeit aber zu Fuß nur laufen,
sich nur mit dem Hauch Exklusivität umgeben,
nur so tun, als ob sie in Reichtum leben?
Der Mercedesduft allein
sollte daher nicht das Auswahlkriterium für den
Liebsten sein.

Ich will es jetzt aber doch wissen,
wie Mercedesfahrer nach Vorstellungen der
Parfümeure duften müssen.
Ich werde es kaufen und meinem Mann schenken.

Wenn es ihm gefällt, wird er, damit besprüht,
immer sein Auto lenken.

Miracoli – das Wunder

Ich bin keine begeisterte Köchin und habe gern zu Fertig- oder Halbfertiggerichten gegriffen (das sind die, bei denen man die Nudeln noch selber kochen und die Soßen noch zusammenmischen muss).
Aber die unzähligen Kochsendungen im Fernsehen haben mir ein schlechtes Gewissen gemacht, und ich habe beschlossen, alles, was auf den Tisch kommt, jetzt selbst und frisch und möglichst aus der Region stammend zuzubereiten.
Ich hatte das Motto »Frisch auf den Tisch« verinnerlicht.

Ich kaufte das Gemüse auf dem Markt oder im Bioladen, adieu Tiefkühlkost.
Ich säuberte, schälte und schnippelte und dachte voll Sehnsucht an die einfache Zubereitung von Tiefkühlmöhren, -erbsen und -bohnen.
Selbst Schnittverletzungen durch meine neu erstandenen Messer und ein großer Pflasterverbrauch konnten mich nicht abhalten.
Der Druck, den die Fernsehköche, die Mälzers, Polettos, Lafers oder wie sie alle heißen, auf mich ausgeübt hatten, zwang mich, diese Tätigkeiten auf mich zu nehmen.
Meine Tomatensoße zu unserem Spaghettigericht, unserer Lieblingsspeise, fertigte ich selbst aus frischen Zutaten – bis …
… und jetzt kommt es.

Ich ging mit meinem Mann einkaufen und wir kamen an dem Regal mit Fertiggerichten vorbei, plötzlich schrie mein Mann auf, griff in das Regal, zog eine Packung heraus und sagte mit geradezu erstickter Stimme: »Miracoli.« Dann folgte: »Weißt du noch, wie oft wir das in unserer Studentenzeit gegessen haben?«

O ja, ich erinnerte mich, wie oft ich ihn damit durchgefüttert hatte und wie begeistert er von meiner Kochkunst damals war. Ich hoffe allerdings nicht, dass er mich nur deshalb geheiratet hat.

»Ob es wohl noch genauso schmeckt?«, fuhr er fort. »Bitte mach noch mal Miracoli.«

Ich war überrascht. Sollte das noch unser Miracoli sein, wie wir es kannten?

Das wäre nach der langen Zeit ja geradezu ein Wunder. Na, schließlich heißt Miracoli auf Italienisch ja auch Wunder.

Ich erinnerte mich ganz genau an das Gericht.

Die Packung bestand aus kurzen Spaghetti, oder sagen wir mittellangen, die in jeden Kochtopf passten. Wer hatte zu dieser Zeit – Anfang der 60er-Jahre – auch einen Spaghettikochtopf?

Beigefügt waren drei Tüten mit weiteren Zutaten. Eine enthielt Tomatenmark, eine geriebenen Hartkäse, Parmesello genannt, wir hielten es für Parmesan, was mit dem Namen ja wohl auch bezweckt war, und die dritte Tüte enthielt das Beste von allem, die herrliche Gewürzmischung, die dem Gericht zu seinem einmaligen Geschmack verhalf, den wir damals so liebten.

Ich kaufte die Packung. Voller Erstaunen stellte ich fest, dass sie von außen fast unverändert aussah, sonst hätte mein Mann sie ja auch im Regal nicht erkannt.

Da war die Packung mit den Spaghetti – diese immer noch kurz –, aber es lagen nur noch zwei Tütchen bei, der geriebene Käse fehlte. Na, geriebenen Parmesan bekommt man heute ja auch in jedem Supermarkt. Die Tüten mit dem Tomatenmark und der Würzmischung schienen unverändert.

Jetzt wollte ich es aber wissen, seit wann es unser »Studentengericht« gab, und googelte. Seit 1961, erfuhr ich. Also seit der Zeit, als die Deutschen in Massen nach Italien reisten und zurückkehrten mit der Sehnsucht nach dem Land, der Sonne und dem italienischen Lebensgefühl, dazu gehörten eben auch Spaghetti.

Sollte das Gericht etwa heute noch genauso schmecken wie damals?

Ich wollte es jetzt wissen.

Am nächsten Tag gab es Miracoli – wegen der Gesundheit und des damit verbundenen schlechten Gewissens ob des Fertiggerichts mit einem großen Teller Salat.

Es schmeckte wie früher, einfach herrlich, und was sagte mein Mann?!

»Du brauchst dich nicht mehr so abzumühen, mach einfach Miracoli, das schmeckt mir genauso gut, wie wenn du alles selbst mühevoll zubereitest.«

Er war wenigstens so fein, nicht zu sagen: »Miracoli schmeckt mir sowieso besser.«

Seitdem gehe ich die Kocherei wieder entspannter an, dank Miracoli.

Vor einigen Tagen fragte ich meinen Neffen: »Wer kocht eigentlich bei euch?«

»Ich«, erwiderte er und fuhr dann fort: »Aber Birgits Miracoli schmecken immer prima.«

Wie schön, dass sich in unserer schnelllebigen Zeit einiges kaum verändert, wenn es auch nur ein Gericht mit dem Namen Miracoli ist.

Das ist wirklich ein Wunder.

Die Zeit

Hopp, hopp, hopp,
erst im Trab, dann im Galopp,
so läuft sie, unsre Lebenszeit.
So wird aus gestern heut
und schnell auch morgen.
Was bleibt, ist die Erinnerung,
an Glück und Leid und viele Sorgen.
Tick-tack, tick-tack, so läuft die Zeit,
erinnert stets an unsre Endlichkeit.

Wünsche

Heut wünscht man dies
und morgen das
und übermorgen wünscht man
was?

Dabei ist uns doch allen klar,
dass nichts so bleibt,
wie's einmal war.

Drum will man heute dies
und morgen das
und in der Zukunft will man
was?

Busreise

Gehören Sie auch zu denjenigen, die sich, wenn sie an den Raststätten aus ihren komfortablen Autos steigen, immer ein wenig über die Busreisenden amüsieren, wenn diese sich wie Lemminge im Gänsemarsch zu den Toiletten begeben? Meistens sind es Senioren. Nicht die sogenannten »Best Ager«, sondern die noch älteren, die das »Best« schon hinter sich haben.

Ich gebe zu, mir ist es immer ein wenig so gegangen. Bis – ja, bis …
Ich habe eine Busreise mit einer Seniorengruppe gemacht und bin voll Bewunderung, was diese Leute für Anstrengungen auf sich nahmen, um aus ihrem Alltagstrott auszubrechen und Neues kennenzulernen. Sie scheuten keine Anstrengungen. Selbst mit Rollstuhl und Rollator waren sie unterwegs.
Ich habe schon viele Gruppenfahrten mitgemacht, aber selten habe ich solche Disziplin und Pünktlichkeit erlebt. Es gab kein Nörgeln und Meckern. Und selbst über größte Anstrengungen (eine zehnstündige Busfahrt) wurde kaum geklagt.
Größtes Lob gebührt dabei den Initiatoren, einem Ehepaar, das alles hervorragend geplant hatte und sich um alles und jeden kümmerte – und das alles »ehrenamtlich«. Auf diese Weise konnten viele Alleinstehende, vor allem Frauen, Urlaub machen und Neues kennenlernen. Sie wurden aus ihrer Einsamkeit gerissen, hatten Unter-

haltung und Geselligkeit. Allein hätten sie diese Reise nie unternommen.

Ich jedenfalls werde über diese Reisenden nicht wieder lächeln, wenn sie im Pulk zur Toilette wandern. Wer eine Busfahrt von über 700 Kilometern mitgemacht hat, wird vollstes Verständnis für den kollektiven Gang zur Raststätte haben. Es hat nicht jeder eine schwache Blase, man geht auch »prophylaktisch«, wer weiß, wann der Bus wieder hält.

Über die Senioren-Busreisenden werde ich mich bestimmt nicht wieder amüsieren, sondern ihren Unternehmungsgeist und ihren Tatendrang bewundern. Sie trotzen Krankheit, Alter und Gebrechlichkeit.
Viele sollten sich an ihnen ein Beispiel nehmen.
Ganz besonders sollten wir aber die loben, die das ermöglichen.

Vielen Politikern werden Verdienstorden an die Brust geheftet für Tätigkeiten, die zu ihrem Amt gehören und für die sie gut bezahlt werden. Ehrenamtliche werden viel zu wenig gewürdigt.

Tennis ist toll

Vor langer Zeit fieberte die Nation vor dem Fernseher, als die Tennisgrößen Boris, Steffi und Michael ihre Gegner aus Amerika, England, Schweden und woher sie sonst noch kamen in die Knie zwangen. Unser Nationalstolz wuchs. Wir waren wieder wer, auch in Wimbledon. Die Jugend und auch das Mittelalter (wobei ich die Grenzen fließend sehe) zog es verstärkt auf die Plätze zum »Weißen Sport«.

Dem ehemals weißen – heute ist es eher ein bunter Sport, ich kenne kaum noch jemanden, der blütenweiß gekleidet den Schläger schwingt.

Also, man drängte und das führte dazu, dass der ehemals elitäre Sport – was die Spielerzusammensetzung betraf – fast zu einem Volkssport wurde. Das hatte bei mir die Freude an dieser Sportart erheblich gesteigert. Das verwundert Sie, ich will es erklären.

Meine Doppelpartnerin arbeitete in einem Obst- und Gemüsegeschäft. Faule Stellen an Äpfeln und Birnen, wurmstichige Radieschen und welken Salat gab es nicht mehr. Unser Metzger schwang sein Racket mit Vorliebe gegen meinen Mann. Fleisch und Wurst kamen bei uns nur in bester Qualität auf den Tisch, und seit ich unseren Hausarzt über die Plätze jagte, brauchte ich über lange Wartezeiten nicht mehr zu klagen. Beim Bällesammeln erhielt ich noch schnell Pflegetipps vom Gärtner und vom Friseur, und ich überlegte sogar einen Hausumbau, seit mir Polier, Architekt und Dachdecker auf dem Platz Sonderkonditionen angeboten hatten.

Ja, nahezu alle Berufe waren in meinem Klub vertreten.
Meine Menschenkenntnis verbesserte sich auch. Beim Tennis kann man tolle Studien betreiben.
Man lernt, den Gegner schon vor Spielbeginn entsprechend einzuordnen.
Da gab es »die Wichtigtuer«. Das waren die, die den Platz mit drei oder vier Schlägern – meist sichtbar unter den Arm geklemmt – betraten und sich zunächst wild aufspielten. Oft ging ihnen, wenn man heftig Widerstand leistete, schnell die Puste aus.
Sie konnten auch nie verlieren, ohne hinzuzusetzen, dass sie normalerweise ja nie verloren hätten, aber ihre Verletzungen an Arm, Bein oder sonst wo hätten sie doch sehr beeinträchtigt. Manchmal hatten sie es auch mental nicht drauf (Boris hat diese Ausrede, glaube ich, publik gemacht).
Und dann gab es die Lässigen, die in ihren Uralt-Trainingsanzügen aufmarschierten, mit ihren verschossenen Socken und verschlissenen Schuhen. Das waren meine Angstgegner, gegen die habe ich nie gewonnen. Aber ihnen gegenüber blieb mir immer ein anderes Überlegenheitsgefühl: ich in tollem Outfit, Stirnband und Socken passend.
Sie haben es gemerkt, ich habe den Tennissport geliebt.
Ich fand Tennis toll.
Der Sport hielt mich fit, Diäten brauchte ich nicht.
Den Alltagsfrust spielte ich mir von der Seele.

Und beim Doppelspiel, mit meinem Mann als Partner, konnte ich feststellen, unsere Ehe ist intakt. Mein Mann rannte und rannte, um uns zum Sieg zu verhelfen. Und wenn wir verloren hatten (was leider oft der Fall war), nahm er mich liebevoll in die Arme. Jedes tennisspielende Paar weiß, was das bedeutet.

Sehr bedauerlich, dass ich aus gesundheitlichen Gründen nicht mehr spielen konnte.

Ich habe feststellen müssen, dass die Vereine Mitglieder verlieren. Ja, sogar ums Überleben kämpfen.

Tennis ist wohl nicht mehr elitär genug. Viele spielen lieber Golf. Golf gibt anscheinend ein gehobenes Lebensgefühl.

Aber da sich auch hier zwischenzeitlich alle Berufsgruppen tummeln, ist es mit dem Elitären auch bald vorbei.

Für eine gewisse Schicht wird bald etwas Neues »in« sein.

Ich weiß auch schon, was!

Polo: Dafür braucht man ein Pferd, das können sich aber sicher nur wenige leisten.

Dann ist die vermeintliche Elite wieder unter sich.

Aber jetzt ist etwas passiert!

Millionen Zuschauer haben in Deutschland vor dem Fernseher gesessen, gefiebert und über den Wimbledonsieg von Angelique Kerber gejubelt.

Sie hat Balsam auf unsere Seelen geträufelt, was nach der schmachvollen Niederlage unserer tätowierten, großmäuligen Fußballstars auch nötig war.

Wir dürfen den Kopf wieder höher tragen.

Wir sind wieder wer!

Wir sind Wimbledonsieger.
Ich hoffe, dass der Tennissport dann wieder an Attrak-
tivität und Zulauf gewinnt, denn:

Tennis ist toll!

Was nix kostet, ist auch nix

Die Zeit, als viele nach dem Motto »Geiz ist geil« handelten, ist anscheinend vorbei. Protzen ist angesagt.
Nicht nur viele unserer Fußballstars schmücken sich mit den teuersten Autos und anderen Statussymbolen wie Millionenvillen, Luxusreisen und Hochzeitsfeiern, die Tausende kosten (sonst hätten sie ihre Models oder Starlets ja wohl auch kaum erobert). Auch viele von Presse und Fernsehen hochgejubelte Promis gehören dazu.
So werden für viele, vor allem für Jugendliche, falsche Vorbilder geschaffen, eine Traumwelt wird vorgegaukelt, und sie reagieren darauf. So wollen sie auch sein, so wollen sie auch leben.
Markenklamotten und die neuesten Smartphones müssen es sein.
Wer sie sich nicht leisten kann, muss sie sich irgendwie besorgen. Klauen und rauben gehören dazu.
Aber auch die Erwachsenen scheinen »Was nix kostet, ist auch nix« verinnerlicht zu haben.
Ich will von einer Begegnung erzählen.
Ich traf eine Bekannte in einem Schreibwarengeschäft, sie wollte eine Grußkarte kaufen, ich flüsterte ihr zu: »Geh zum Discounter, da sind sie viel billiger und hübsch sind sie auch.«
Ihre Antwort lautete: »Das geht nicht, der Empfänger erkennt gleich, dass sie billig war, er versteht etwas davon.«

Sie war also bereit, das Fünffache für eine Grußkarte zu zahlen, nur weil diese ein Label hatte, das für »teuer« bekannt war.

Wenn sie als Grund angegeben hätte, dass sie das Schreibwarengeschäft unterstützen wollte, der Konkurrenzkampf ist ja hart, hätte ich es noch verstehen können.

Oder spielt heute Geld für viele keine Rolle mehr? Man hat genug davon, und nur das Teuerste ist gut genug.

Kirche

Jahrhunderte strebte die Kirche nach Reichtum und
Macht
und der Teufel hat laut darüber gelacht.
Doch wonach strebt die Kirche heute?
Das fragen sich ganz viele Leute.

Moscheen entstehen immer mehr,
doch die Kirchen bleiben leer.
Wie konnte das denn nur gescheh'n?
War das denn nicht vorauszuseh'n?
Wie kommt es, dass nur noch wenige beten
und sonntags eine Kirche betreten?
Sind unsere Herzen kalt geworden?
Sind wir abgestumpft durch tägliches Fernseherleben
von Krieg und von Morden?

Im 12. Jahrhundert wurde für den Glauben erbittert
gestritten,
selbst Kinder sind auf Kreuzzügen mitgeritten.
Die Machtgelüste der Kirche erkannten sie nicht,
sie wollten nur ins Himmelreich und fürchteten das
Gottesgericht.
Die Kirchenfürsten hatten nämlich den Kampf befohlen,
den Hass geschürt,
das hatte zu Tod und Vernichtung geführt.
Luthers Thesen und sein Aufruf gegen den Ablasshandel
haben dann herbeigeführt einen gewaltigen Wandel.
Und wieder kam es zu Tod und Verderben.
Protestanten und Katholiken, das sind die Erben.

Dann kam die Trennung von Kirche und Staat,
Laizismus genannt,
man hat sich »zum Liberalsein« bekannt,
doch von Liberalität zu Laisser-faire ist es nicht weit,
zum Einstehen für Werte ist man dann oft nicht mehr
bereit.

Lasst Andersgläubigen doch ihre Gebräuche und
Riten.
Warum sollten wir es ihnen verbieten?

Bei uns ist die Vielehe nicht erlaubt,
hier herrscht Monogamie,
einen Aufschrei der Kirchen über die
Vielehe hörte ich nie.
Die Einhaltung des sechsten Gebotes fordert sie auch
nicht mehr,
das verärgert viele Gläubige sehr.
Lebensgefährtinnen werden die Zweitfrauen genannt,
selbst unter Pastoren ist das nicht unbekannt.

Missbrauchstatbestände hat man lange unter den
Teppich gekehrt
und eine Strafverfolgung der Täter verwehrt.

Proteste hört man selten zu Kinderehen und
Beschneidung.
Das dient wohl der Konfliktvermeidung.
Doch Liberalität wird von vielen als Schwäche
empfunden,
so wird die Kirche nicht stärker, sie wird nicht gesunden.

Für Überzeugungen und Werte muss man kämpfen
und nicht den Deckel überstülpen,
wie beim Garen und Dämpfen.
Auch die Kirche muss die Gesetze des Staates achten
und sie nicht wie beim Arbeitsrecht und Kirchenasyl
unterlaufen und missachten.
Vielen gefällt dieses Verhalten nicht,
und sie gehen mit der Institution streng ins Gericht.
Immer mehr Bürger aus der Kirche austreten,
man kann schließlich auch im stillen Kämmerlein beten.
Ihre Steuern entfallen dann,
was der Kirche nicht gefallen kann.

Die Quotenfrau

Das Thema Frauenquote in Unternehmen, beim Staat und vor allen Dingen in den Parteien wird heutzutage wieder vehement diskutiert. Es hat mich in die Vergangenheit zurückgeführt.

Ich erinnere mich an ein Treffen und ein Gespräch mit meiner Freundin Lisa.

Sie hat mit mir zusammen Jura studiert, hatte die Examensbestenliste in Bayern angeführt und auch promoviert.

Wie würde man heute cool sagen: Sie war spitze.

Ich traf sie, nachdem sie Abteilungsleiterin in einem Ministerium geworden war. Und das ohne Parteibuch, das sagt wohl alles.

Als ich ihr gratulierte, fuhr sie mich an: »Komm du mir jetzt nicht auch noch mit Quotenfrau.«

»Wie kommst du denn darauf? Ich weiß doch, was du kannst«, fiel ich ihr ins Wort.

Da erzählte sie mir Folgendes: »Ich habe gestern unsere Freundin Anke getroffen und sie hat mich überschwänglich mit Küsschen rechts, Küsschen links, wie das ja heute so Sitte ist, begrüßt, dann sprudelte sie los: ›Ich habe gelesen, dass du eine hohe Position errungen hast. Das ist ja eine tolle Karriere.‹ Und dann hat sie noch spitz hinzugefügt: ›Wie fühlst du dich denn so als Quotenfrau?‹ Mittlerweile bin ich diese Anspielungen ja gewohnt und reagiere im Allgemeinen ganz gelassen, es sei denn, ich habe meinen kämpferischen Tag, an dem mit mir nicht gut Kirschen essen ist, an dem ich mich vor keinem Wortgefecht scheue und mit Vehemenz meinem Frust freien Lauf lasse. Anke hatte mich an einem solchen Tag erwischt und so habe ich dann losgelegt: ›Weißt du überhaupt, was mich diese Karriere gekostet hat? Das 1. und 2. Staatsexamen habe ich im Galopp hinter mich gebracht. Acht bis zehn Stunden am Schreibtisch waren keine Seltenheit und ich habe auf vieles verzichtet, was für andere Frauen meines Alters selbstverständlich war. Nach dem Studium habe ich mich ins Berufsleben gestürzt und es gibt kaum einen männlichen Kollegen, der mir nicht zugestanden hätte, dass ich mir meinen Erfolg hart erarbeitet habe. Und da kommst du mir mit Quotenfrau. Weißt du eigentlich, wie viel Disziplin und Durchhaltevermögen ich für die Karriere erbringen musste? Ehrgeiz gehört übrigens auch dazu. Eigenschaften, die für unweiblich gehalten werden. Und es kostet auch Mühe, diese so zu verbrämen, dass sie nicht so offensichtlich sind.‹ Anke wich bei meiner Heftigkeit zurück und wir verabschiedeten uns mit Küsschen rechts, Küsschen links. Na, eigentlich hatte ich noch ausführen wollen, dass Koketterie, Tränen und sonstige weibliche Listigkeiten nicht zu meinem Berufsalltag gehört haben, aber so ganz stimmte das ja nicht. Make-up, Parfüm und Lippenstift waren schon unterstützend herangezogen worden. Ich hatte schon erfahren, dass ein gepflegtes Aussehen recht hilfreich ist. Es hat mich aber doch betroffen gemacht, dass es vor allen Dingen Frauen waren, die mir den Erfolg nicht gönnten.«

So endete Lisa.

Inzwischen haben sich die Zeiten geändert und es gibt viele Frauen, die erfolgreich sind, Spitzenpositionen besetzen und Beruf und Familie miteinander verbinden.

Dank Ganztagsschulen und Ganztagskindergärten werden es sicher immer mehr werden.

Frauen haben bekannterweise bessere Schulabschlüsse und bessere Examina. Ihr Erfolg wird sich nicht aufhalten lassen.

Tüchtige Frauen brauchen keine Quote.

Für sie ist die Bezeichnung Quotenfrau geradezu diskriminierend.

In unserer heutigen Zeit, in der jede Diskriminierung geächtet wird, sollte man alles vermeiden, was dazu führen könnte, tüchtige, erfolgreiche Frauen mit dem Stigma »Quote« zu versehen.

Sind wir alle potenzielle Betrüger?

Über Silvester verreisen wir immer. Wir quartieren uns in einem schönen Hotel in einer hübschen Stadt ein, in dem wir das alte Jahr mit einem guten Essen beenden und das neue mit einem Glas Sekt begrüßen. (Champagner ist uns meist zu teuer, wir gehören der sparsamen Generation an.)

So war es auch dieses Jahr.

Am Silvesterabend betraten wir den Festsaal. An den Tischen saßen festlich gekleidete Damen und Herren. Fast alle waren Hotelgäste, die wie wir auch das Silvesterarrangement gebucht hatten. Sie waren überwiegend so zwischen sechzig und achtzig, also Best Ager, wie man heute so sagt.

Die Tische waren festlich dekoriert. Die Kristallgläser funkelten im Kerzenschein. Es versprach ein schöner Abend zu werden.

Aber dann:

Auf dem Tisch, vor unserem Platz, lag eine Liste, die mit unserem Namen versehen war. Darauf waren alle Getränke mit Preisen aufgeführt, die man ordern konnte. Sie war mit Kästchen versehen, die von dem Getränkekellner wohl angekreuzt werden sollten. Das fand ich sehr gut, das würde das Bezahlen sicher vereinfachen.

Die Preise waren, wie man so sagt, zivil.

Heute würde ich Champagner trinken.

Dann las ich den letzten Satz auf der Getränkekarte, ganz unten platziert:

Bei Verlust dieses Guest Checks werden pauschal 1000 Euro berechnet.

Natürlich musste ein englischer Begriff gewählt werden, das zeigte ja Exklusivität und Weltoffenheit, Getränkeliste hätte wohl zu simpel geklungen.
Mir verschlug es den Atem, Wut stieg in mir auf.
Was sollte das heißen? Wurde damit jedem Gast unterstellt, bei der Getränkeabrechnung zu betrügen?
Waren die Gäste alle potenzielle Betrüger?

Mit Verwunderung stellte ich fest, dass sich niemand darüber aufregte. Wahrscheinlich hatte keiner den Guest Check bis zum Ende gelesen. Na, juristisch gesehen ist dieser Zusatz ja kaum durchsetzbar. Er war wohl nur als Drohung oder zur Abschreckung gedacht.
Aber ich war verärgert. Wofür wurden wir alle gehalten, für Betrüger, für Straftäter im Freigang mit unsichtbarer Fußfessel?

Es wurde trotzdem ein schöner Abend und wir haben auch Champagner getrunken.
Am nächsten Morgen checkten wir aus, dabei äußerten wir unseren Unmut über den Zusatz auf der Getränkekarte, wir sagten ganz bewusst nicht Guest Check.
Wir erhielten die Auskunft: »Wir haben im letzten Jahr so schlechte Erfahrungen gemacht.«
Wir beschlossen, dieses Hotel nicht wieder aufzusuchen.

Ein paar Tage später holte ich mir ein Rezept von meinem Hausarzt ab und stellte mit Verwunderung fest,

dass unter dem aufgeführten Medikament der Zusatz »Rezeptende« geschrieben stand. Was sollte das bedeuten? Werde ich auch bei meinem Arzt als potenzielle Urkundenfälscherin, die einem Rezept etwas hinzufügt, angesehen? Der Apotheker erklärte mir, dass es sich um ein vorgefertigtes Programm für Ärzte handele.
Ich beschloss, meinen Arzt wegen derartiger Unterstellungen zu wechseln.

Aber dann habe ich nachgedacht. Vielleicht müssen sich alle schützen, weil es so viele Betrüger gibt. Vielleicht stimmt das ja.
Wird nicht überall betrogen?
Wer hat seine Haushaltshilfe legal beschäftigt?
Nach Erhebungen arbeiten mehr als 80 % der Putzhilfen schwarz.
Vielleicht wäre hier die Farbe Grau angebrachter, denn bei den geringen Entgelten sind die Beträge, die den Sozialkassen von jedem Einzelnen entzogen werden, gering.
Aber wenn man ehrlich ist, muss man eingestehen, dass es, auf die Masse bezogen, Milliarden sind. Auch Kleinvieh macht nun mal Mist.
Aber ich habe großes Verständnis für die, die ihre Haushaltshilfen »grau« beschäftigen.
Viele, viel zu viele, sind zu einer legalen Tätigkeit gar nicht bereit. Sie arbeiten nur – baT. Das heißt nicht nach dem Bundesangestellten-Tarifvertrag, sondern – bar auf Tatze. Und alle wissen auch warum. Wer das bestreitet, lügt.
Polizisten und Finanzbeamte können von alltäglichen »Schummeleien« sicher viel erzählen.

Selbst außerordentlich gut bezahlte Europaabgeordnete betrügen ihren Dienstherrn, den Staat, also uns Steuerzahler, wie ich Zeitungsberichten entnommen habe.

Wahrscheinlich ist es so, wir alle sind potenzielle Betrüger.
Und deshalb machen es viele richtig, wenn sie alles tun, um Betrügereien zu unterbinden.
Ich werde das Hotel wieder buchen.
Und meinem Arzt bleibe ich auch treu.

Wahlen

Wahlen stehen wieder bevor.
Viele Parteien schießen wie Fußballer ein Eigentor.
Sie versprechen, was sie später nicht halten,
sie zählen uns alle zu den vergesslichen Alten.
Plötzlich wird wieder dem Volk aufs Maul geschaut,
Wahlslogans werden gegenseitig geklaut.
Gerechtigkeit für alle,
damit locken sie uns
wie Mäuse mit dem Speck in die Falle.
Alle sollen mehr Geld haben in der Tasche,
das ist jetzt die neueste Masche.
Steuern runter, das muss jetzt schnell sein,
sonst geht keiner in die Wahlkabine hinein.
Bald versprechen sie uns ein steuerfreies Grundeinkommen,
damit wir alle ohne Arbeit über die Runden kommen.
Haben sie ihr Wahlziel erreicht,
heißt es zu den Versprechen allenfalls – vielleicht.

Sie haben Angst, sie würden nicht wiedergewählt,
das ist das Einzige, was sie wirklich quält.
Sie drehen ihr Mäntelchen stets nach dem Wind.
Bläst er ihnen ins Gesicht, schreien sie ängstlich wie die
Mutter nach dem Kind.
Nach den Wahlen ist alles vergessen,
sie füllen sich die Taschen
und lassen uns aus dem Blechnapf essen.

»Wir schaffen das«, wird nicht mehr gesagt,
das wird bis zum Wahlsieg klug vertagt.

Der erste Kuss

Ich wollte es wissen,
was fühlt man beim Küssen?
Dann kam mir sein Gesicht so nah,
dass ich seine entzündeten Pickel sah.
Schweißtropfen standen auf seiner Stirn,
was hatte ich mir nur vorgestellt in meinem Hirn?

Er betatschte meine Brust,
doch mir war vergangen jegliche Lust.
Ich gab ihm einen Stoß,
da ließ er mich los.
Ich konnte vor Abscheu nur zittern und beben,
mit diesem Knaben wollte ich
meinen ersten Kuss nicht erleben.

Wenn der Richtige kommt, werd ich ihn erhören,
dann werden mich sicher auch seine Pickel nicht stören.

Erste Liebe

Ich habe ihn gesehen,
da war's um mich geschehen.
Andere sollen vom Prinzen träumen,
ich aber wollte kein Fußballspiel mit ihm versäumen.
Wenn er ein Tor schoss, jubelte ich,
das war die größte Freude für mich.
Nach dem Spiel folgte ich ihm auf Schritt und Tritt,
doch er beachtete mich nicht.
Aber einmal, als ich ihm sehr nahe war,
strich er zärtlich über mein Haar
und sagte dann: »Mein Kind, es ist schon dunkel,
am Himmel schon die Sterne funkeln,
du musst jetzt schnell nach Hause geh'n.«
»Nein«, sagte ich, »muss ich nicht, ich bin doch schon
zehn.«

Doch das Wort »Kind« hatte mich zutiefst getroffen,
ich erkannte, auf seine Liebe konnte ich niemals hoffen.

Gretchen
oder Kindstötung

»Heinrich, wie hältst du's mit der Religion?«,
fragte Goethes Gretchen schon.
Den Pakt mit dem Teufel hat er ihr verschwiegen,
er wusste, sie würde ihn dann niemals lieben.
Nur deshalb konnte er sie verführen
und sie überall berühren.
Doch sie hätte wissen müssen,
was passieren kann beim Kosen und Küssen.
Sie wurde schwanger, doch er dachte nicht daran,
sich zu ihr zu bekennen als Ehemann.
Ein uneheliches Kind war eine Schande,
man war geächtet im ganzen Lande.
So war es eben zur damaligen Zeit,
zu Verständnis und Erbarmen war niemand bereit.
Ihre Ruhe war hin, ihr Herz war schwer,
sie fand keine andere Lösung mehr.
Es blieb ihr in der großen Not
nur die Entscheidung zum Kindestod.
Doch kein Henker hat sie hingerichtet,
so wurde es von Goethe berichtet.
Sie wurde errettet,
vielleicht ist sie von Engeln begleitet gen Himmel
gejettet.

Das ist zwar eine Mär aus uralter Zeit,
doch auch heute noch sind Frauen zum Kindsmord
bereit.

Auch ihre Ruh' ist hin und ihr Herz sicher schwer,
auch sie sehen vielleicht keinen Ausweg mehr.
Und die Moral von der Geschicht:
Frauen, vergesst die Verhütung nicht!

Hühner und Menschen

Seit ich mehrere Hühnerhalter in meinem Bekanntenkreis habe, die voller Begeisterung von ihrem Federvieh sprechen, denke ich über dieses Geflügel ganz anders.
Für mich waren Hühner bisher in erster Linie Eierproduzenten, die gackerten, krähten, pickten und scharrten und zuletzt auf dem Grill oder im Kochtopf ihr wohlschmeckendes Ende fanden.
Dann habe ich mich mit ihnen beschäftigt und zu meinem Erstaunen festgestellt, dass sie sich in ihrem Sozialverhalten gar nicht so sehr von uns Menschen unterscheiden.
Da ist erst einmal die Stellung des Hahns in der Hühnerschar.
Er lebt in einem Harem wie die Sultane vormals im Orient.
Doch ein wesentlicher Unterschied besteht. Für den Unterhalt (Kost und Logis) musste der Sultan aufkommen. Der Hahn hat keine Verpflichtungen, das übernimmt alles der Halter. Er kann seinen Vergnügungen gratis nachkommen. Er kann sich ganz seinen Hennen widmen, seinen Sexualtrieb ausleben und sich um die Fortpflanzung kümmern.
Welcher Mann träumt nicht davon? Vielleicht hätten wir bei dieser Sachlage auch bei uns noch die Vielweiberei!
Daher kann der Hahn auch so herumstolzieren und triumphierend und laut und anmaßend krähen, der Gockel.

Na, dieses Gehabe kennen wir bei Männern doch auch …

Hähne und Männer haben aber noch viel mehr gemeinsam. Das betrifft insbesondere das Sexualverhalten. Sie sind allzeit bereit!

Gibt es in einem Hühnerstall mehrere Hähne, dann finden oft erbitterte Kämpfe statt. Es geht um Futter, Hennen, Macht.

Wer kennt im Berufsleben nicht auch diese Kämpfe um Positionen und Beförderungen, die nicht weniger erbittert geführt werden? Und um Frauen geht es auch oft. Man spricht ja auch hier von Hahnenkämpfen, Federn werden dabei aber nicht ausgerupft.

Während der Hahn seine Potenz und Stärke mit seinem Hahnenkamm demonstriert, tun es Männer mit ihren Statussymbolen:

Macht, Geld, Titel.

Aber auch Frauen und Hühner haben einiges gemeinsam.

Die weiblichen Hühner, Hennen genannt, brüten die Eier aus und nach dem Schlüpfen nehmen sie die Küken unter ihr Federkleid und kümmern sich um sie von früh bis spät und lassen sie nicht aus den Augen.

Sie werden zur Glucke.

Auch bei den Menschen handeln viele Frauen so.

Die, die ihre Kinder derart umsorgen, werden heutzutage jedoch nicht mehr Glucken, sondern Helikoptermütter genannt, weil sie wie ein Helikopter andauernd über ihren Sprösslingen schweben.

Darüber hinaus sind Hühner wie die meisten Menschen tagaktiv.

Ob sie allerdings die Nacht auf der Stange im dunklen Hühnerstall nicht nur zum Schlafen, sondern auch zu anderen Aktivitäten wie wir Menschen nutzen, ist mir nicht bekannt. Sex auf der Stange? Na, ein Bett ist auf jeden Fall bequemer.

Auch das sonstige Sozialverhalten von Menschen und Hühnern ist gar nicht so unterschiedlich.

Im Hühnerstall und auf der Wiese, so sie sich dort befinden, herrscht eine strenge Rangordnung (bei den Hühnern Hackordnung genannt), wie sie im Mittelalter durch die verschiedenen Stände bei uns gegeben war und in manchen Ländern wie in Indien heute noch gilt. Ich bin jedoch nicht dahintergekommen, worauf sie sich gründet.

Aber es finden erbitterte Kämpfe darüber statt. Es geht um den Schlafplatz und die Folge beim Picken. Man ist dabei nicht zimperlich und manches Huhn sieht hinterher sehr gerupft aus.

Wahrscheinlich wird auch um die Gunst des Hahns gestritten.

Das aber nur, wenn einer vorhanden ist. Für die Eierproduktion braucht man ihn ja nicht, was wegen dessen Gekrähe am frühen Morgen bei der Hühnerhaltung den Frieden mit der Nachbarschaft möglich macht.

Diese Streitereien um einen Mann soll es bei uns Menschen ja auch geben, wie Zeitschriften täglich berichten. Auch hierbei soll es zu erbitterten Kämpfen, zu herausgeschlagenen Zähnen und ausgerissenen Haaren kommen.

Was sind dagegen ein paar gerupfte Federchen?

Die Hühner sind gegen die Rangordnung und die Einteilung in Klassen aber nicht auf die Barrikaden gestiegen.
Sie haben keine Revolution angezettelt. »Gleichheit, Freiheit, Brüderlichkeit« haben sie weder unter sich noch von ihren Haltern gefordert.
Wie ich recherchiert habe, gibt es bei ihnen manchmal jedoch schon eine Legeverweigerung. Ihr Aufbegehren kann sich auch derart äußern, dass sie ihre Eier verstärkt verstecken.
Warten wir es ab. Vielleicht solidarisieren sie sich eines Tages auch, klug genug wären sie dafür. Was wird dann aus unserem Frühstücksei?

Wir Menschen haben mit unserem Federvieh also viele Gemeinsamkeiten.
Nicht nur deshalb sollten wir ihm Respekt zollen und dafür sorgen, dass sie bis zu ihrer Schlachtung artgerecht und nicht in Massentierställen leben können.
Ich will nicht nur Milch von glücklichen Kühen, sondern auch Eier von glücklichen Hühnern.

Klage einer Spinne

Warum ekeln sich so viele Menschen vor mir
und nennen mich ein grässliches Tier?
Ich bin kein Floh, keine Wanze, keine Laus,
ich steche nicht und sauge kein Blut aus ihnen heraus
und doch verjagen sie mich aus ihrem Haus.

Mein Anblick allein
flößt vielen Angst und Schrecken ein.
Liegt es an meinen acht langen, oft pelzigen Beinen,
dass viele hysterisch kreischen und weinen?

Dabei hat es die Schöpfung mit mir gut gemeint
und in mir viele Körperteile und Fertigkeiten vereint.

Jedes meiner acht Beine hat sechs Gelenke,
bei den Menschen nennt man sie Knie,
so etwas gab es bei ihnen noch nie.
Mit meinen sechs Augen bin ich ihnen weit überlegen,
doch dafür sie keine Bewunderung hegen.

Auch achten sie meine Kunstfertigkeit nicht,
was mir fast das Herze bricht.
Wie ich meine Netze webe
und an silbernen Fäden durch die Lüfte schwebe,
wie sich in dem Gespinst Tautropfen und Insekten
verfangen,
um so in meine Vorratskammer zu gelangen.

Die Fäden werden durch Drüsen gespritzt aus
meinem Leib.
Bei den Menschen sitzt dafür am Spinnrad ein Weib.

Eigentlich müssten sie mich verehren,
denn mir verdanken sie es,
dass Fliegen und andere Insekten sich nicht noch
mehr vermehren.
Ich sorge für ein ökologisches Gleichgewicht,
doch sie erkennen es nicht.

Im Mittelalter glaubten sie, ich bringe die Pest und
den Tod,
daher jagten sie mich und schlugen mich tot.

Das haftet immer noch an mir,
daher bin und bleibe ich für viele
ein grässliches, ekelhaftes Tier.

Ach, wäre ich schön wie ein Puma oder Tiger.
Sie hätten mich trotz der Gefährlichkeit lieber.
So sind die Menschen wohl,
sie lieben die nutzlosen Blumen mehr als den
nahrhaften Kohl.
Ich bin für sie nur eine grässliche Spinne,
niemals ich ihre Zuneigung gewinne.

Die Wurfmaus
oder
Assimilation

Meine Freundin Martha widmet ihre ganze Kraft ihrem wirklich prachtvollen Garten.

Sie sät, gräbt, hackt, schneidet, wässert und düngt. Sie ist den ganzen Sommer beschäftigt.

Vor zwei Jahren habe ich sie besucht. Ihr Garten sah entsetzlich aus.

Die Beete, der Rasen, die Einfriedungen waren durchsetzt mit Maulwurfshaufen. Eine Hügellandschaft.

Traurig wies Martha darauf und seufzend fügte sie hinzu: »Ich habe das Gefühl, dass sie bald unser Haus unterwühlen. Steht es eigentlich noch gerade?«

Ein Jahr darauf, zur Sommerzeit, besuchte ich sie wieder.

O Wunder, der Garten zeigte sich in voller Pracht. Er war gepflegt wie eh und je.

Die Blumenrabatten – ein Farbenmeer. Der Rasen grün und eben wie in England. Alles in allem rundum schön wie in den entsprechenden Gartenzeitschriften. Und weit und breit kein Maulwurfshaufen.

Auf meine Frage, wie sie das geschafft habe, erzählte sie folgende Geschichte:

»Mein Mann konnte sich meinen Kummer über den verwüsteten Garten nicht mehr ansehen und hatte beschlossen, etwas gegen die Maulwürfe zu unternehmen.

›Zieh dich an‹, hat er gesagt, ›wir fahren in die Stadt, da wird es sicher ein Geschäft geben, das uns berät, wie man diese Viecher vertreiben kann.‹ Dann fuhr er fort: ›Ich verstehe überhaupt nicht, dass Maulwürfe so geschützt werden. Schau dich mal um, überall verschandeln ihre Haufen die Landschaft.‹

Ich machte mich stadtfein, wie wir Provinzler das so zu tun pflegen. Dann machten wir uns auf den Weg. Wir fanden auch bald ein Gartenfachgeschäft. Ein gut aussehender Verkäufer bediente uns. ›Sie wünschen?‹, fragte er. Ich ergriff das Wort. ›Ich stecke meine ganze Kraft in meinen Garten, der aber von Maulwürfen geradezu verwüstet wird. Im Herbst setze ich Hunderte Blumenzwiebeln, die bei ihrer Wühlerei hochgebuddelt werden und dann beim Frost erfrieren. Die Viecher müssen weg. Es gibt doch sicher Maulwurfsfallen.‹ Der Verkäufer guckte mich wohlgefällig an – wie ich meinte – und sagte: ›Sicher haben Sie auch Wühlmäuse.‹ Jetzt zwinkerte er mir zu. Ich drehte mich zu meinem Mann um, ob er auch bemerkte, dass der Verkäufer mit mir flirtete. Das tat mir sichtlich gut. ›Nein‹, sagte ich, ›wir haben keine Wühlmäuse, wir haben MAULWÜRFE.‹ ›Natürlich haben wir auch Wühlmäuse‹, sagte jetzt mein Mann und kniff mich in den Arm, ziemlich heftig, sodass ich ›Aua‹ sagte.

›Ja‹, sagte der Verkäufer, ›dann habe ich etwas für Sie, Wühlmausfallen.‹

Mein Mann zerrte mich zum Tresen und ließ sich die Fallen zeigen und erklären. Mich guckte er drohend an. Den Blick kannte ich, der hieß ›Halt den Mund‹. Mein Mann kaufte drei Fallen und wir verließen das Geschäft.

Vor der Tür fuhr er mich an: ›Was bist du begriffsstutzig! Er darf doch keine Fallen für Maulwürfe verkaufen. Du weißt doch, dass sie unter Naturschutz stehen. Er hat dir das doch durch das Blinzeln klarmachen wollen.‹ Ich sackte in mich zusammen. Das Blinzeln galt gar nicht mir, es war kein Flirtversuch. Es galt den Wühlmäusen. Mein Selbstbewusstsein hat etwas gelitten, aber ich habe es verkraftet. Dank der Fallen – auf denen übrigens Wühlmausfallen steht – ist der Garten wieder schön wie eh und je.«

Und dann fuhr Martha fort: »Aber weißt du, ich glaube, es waren gar keine Maulwürfe, die meinen Garten so zerwühlt haben. Ich bin überzeugt, dass Wühlmäuse inzwischen auch so große Haufen buddeln, sie haben sich angeglichen, damit sie auch unter Naturschutz gestellt werden. Nennt man das nicht Assimilation? Oder Genveränderung? Es ist eine neue Kreuzung aus Wühlmaus und Maulwurf entstanden, eine Wurfmaus. Mit dieser Erkenntnis bin ich der Wissenschaft sicher voraus.«

Ich hob an: »Assimilation – Genveränderung …« Und dann wollte ich mit meinen Erklärungen fortfahren, aber ich hielt inne. Ich sah Marthas zufriedenes Gesicht darüber, dass sie kein schlechtes Gewissen wegen der Vernichtung der unter Naturschutz stehenden Maulwürfe mehr zu haben brauchte.

Für sie waren es Wurfmäuse, und die sind ja nicht geschützt.

Das rosarote Weihnachtsgeschenk

Jede Woche, um genau zu sein, jeden Sonntagvormittag, telefonieren wir mit unserer Mutter. Richtiger ausgedrückt, mit meines Mannes Mutter, meiner Schwiegermutter, von mir Mutter Martha genannt. Das Telefonat, das Sonntagsritual, läuft nach strikten Regeln ab. Das Wohl und Wehe aller Familienmitglieder wird abgefragt. Gute Nachrichten – wie Verlobungen, Hochzeiten, Geburten und bestandene Prüfungen – werden mit Lachen, schlechte – wie Scheidungen, Krankheiten, Sitzenbleiben – mit Seufzern begleitet.

In letzter Zeit endete das Telefonat regelmäßig mit Ratschlägen meines Mannes an seine Mutter, wie sie ihren Kanarienvogel namens Peterle zu pflegen habe. Die Anweisungen waren sicher berechtigt, denn der kleine Kerl sah recht zerrupft und kläglich aus, und singen tat er auch nicht.

Vor Weihnachten wurde in den Telefonaten von unserer Mutter stets ein Satz wiederholt:

»Was wünscht ihr euch denn?«

Wer kennt diesen Satz nicht?
Meist – obwohl ich es ja eigentlich hätte wissen sollen – wurde dann spontan ein Wunsch geäußert und dann hatte ich wieder ein Geschenk – das ich eigentlich nicht wollte.

Letztes Jahr verlief aber alles ganz anders.

»Komisch«, sagte mein Mann nach seinem sonntäglichen Telefonat. »Mutter hat gar nicht gefragt, was wir uns wünschen.«

Am ersten Weihnachtstag, nach beschwerlicher Fahrt – Glatteis und Stau auf der Autobahn –, klingelten wir bei Mutter Martha. Sie öffnete mit glühenden Apfelbäckchen strahlend die Flurtür und rief gleich »Fröhliche Weihnachten« und »Ihr kriegt etwas in Rosa«. Betreten guckten wir uns an – IN ROSA.

Mein Mann Fritz und ich sind – nach unserem Verständnis – im besten Alter, unsere Nichten allerdings bringen dieses Verständnis oft ins Wanken, wenn sie zum Beispiel erklären: »WAS, IHR IN EUREM ALTER GEHT NOCH TANZEN?«

Na ja – zugegeben, vielleicht ist Mitte 40 doch nicht das beste Alter – auf jeden Fall nicht für Geschenke in ROSA oder HELLBLAU.

Dann betraten wir das Weihnachtszimmer. Die zwei Meter hohe Edeltanne funkelte im Kerzenlicht, es duftete nach Plätzchen. Es war – wie immer – herrlich weihnachtlich.

»Fröhliche Weihnachten«, sagte unsere Mutter noch einmal, umarmte uns und dann sahen wir, dass neben ihrem Peterle ein neuer Käfig stand, in dem ein kleiner rosa Vogel piepsend umhersprang.

»Wie gut«, lobte mein Mann, »dass du einen zweiten Vogel …« Er konnte den Satz aber nicht zu Ende sprechen, da Mutter Martha strahlend einfiel: »Das ist euer Weihnachtsgeschenk.« Betreten guckten wir uns an, dann das kleine, piepsende rosa Etwas, und Mutter sagte kläglich, es sah schon verdächtig nach Weinen aus: »Freut ihr euch denn nicht?« »Aber sicher«, antworteten wir im Duett und damit hatten wir – ein mittelaltes Paar – ein rosa Anhängsel, einen Vogel. Ein piepsendes rosa Kerlchen. Damit wurde alles anders.

Als mein Fritz den Finger durch das Gitter steckte und Pitti, wie ich ihn schnell getauft habe, sein Köpfchen sofort daran rieb, hatte er sein Herz schon gewonnen. Ich bekam den ersten Tadel, weil ich nicht wusste, ob es sich um ein Männchen oder ein Weibchen handelte, aber Mutter Martha rettete die Situation. Sie erklärte: »Ein Männchen natürlich, sonst singt er ja nicht.«

Der 1. Weihnachtstag verlief sonst wie immer. Beim Abschied gab uns diesmal unsere Mutter gute Ratschläge, wie der Vogel zu versorgen sei. Fritz trug den Käfig vorsichtig ins Auto und die Heimfahrt begann.

Wir gehörten zwar nicht zu den Rasern, aber so vorsichtig sind wir noch nie über die Autobahn geschlichen. Jede Unebenheit vermeidend, jeden Huckel umgehend, fuhren wir dahin. Wir mussten plötzlich lachen. Wir benahmen uns wie Eltern, die ihr Kind von der Klinik heimfuhren.

Zu Hause angekommen, wurde ein Platz für den Käfig gesucht. Die Fensterbank war richtig, befanden wir, alle Käfige standen auf Fensterbänken. Nachdem wir unser Vögelchen noch einmal ausführlich bewundert, mit Wasser und Körnern versorgt und geschnalzt – tz tz – hatten, um ihn aufzumuntern, gingen wir ins Bett.

Am 2. Weihnachtstag – sonst pflegten wir lange zu schlafen – sprang Fritz in tiefster Dunkelheit aus dem Bett und murmelte: »Ich schau mal nach dem Vogel.« Aufgeregt kam er zurück und rief: »Er sieht ganz kläglich aus und die Körner hat er auch nicht angerührt.« Ich konnte nur brummen: »Ich hab auch noch nicht gefrühstückt.« Aber seine Stimme klang so besorgt, dass auch ich aufstand.

Morgens um sieben Uhr standen wir dann in Schlafanzügen vor dem Käfig, das hellblaue (mein bestes) Frottierhandtuch wurde gelüftet und da saß das rosa Vögelchen mit gesträubten Federn, zitternd, piepsend – kläglich, wirklich kläglich. Lag da nicht schon eine Feder, verlor es die etwa schon? Den Begriff »Mauser« hatte ich schon einmal gehört.

Ich sagte tröstend: »Es ist alles für ihn ungewohnt, er muss sich erst an uns gewöhnen.« Und wir beschlossen zu frühstücken. Damit Pitti auch was von uns hatte, kam der Käfig auf den Frühstückstisch und wir beide fanden, er wirke schon viel fröhlicher. Piepsend sprang er hin und her, und da: Er verschlang ein Körnchen, die anderen streute er durch die Gitterstäbe auf das Tischtuch. Jetzt konnten wir in Ruhe frühstücken und wohlwollend begutachteten wir unser Vögelchen.

Da wir in der Woche nach Weihnachten noch Urlaub genommen hatten, konnten wir uns unserem Pitti voll widmen. Ein Leiterchen und ein Spiegel wurden gekauft, Jodperlen unter das Futter gemischt und alles getan, damit er sich heimisch fühlen sollte. Am zweiten Tag sang er immer noch nicht, piepste kläglich und verlor wieder ein Federchen. Jetzt griffen wir zum letzten Mittel. Fritz beschloss: Pitti musste fliegen.

Die Käfigtür wurde geöffnet und wir warteten atemlos, was nun geschehen würde. Langsam erkletterte Pitti die Käfigtür, schaukelte etwas vor und zurück.

Man sah ihm an, dass er mit sich kämpfte, dann gab er sich selbst einen Schubs und flog – ja, flog durch das Zimmer (Wohn-Esszimmer, 40 m²) und sang, flog und sang. Wir sahen es mit Freude. »Siehst du«, sagte Fritz, »das hat gefehlt, ein Vogel will fliegen.«

Plötzlich aber schrie ich auf, Pitti ließ etwas fallen. An meinem teuren, kostbaren schwarzen Ralle-Lampenschirm (wer Köln kennt, kennt das Einrichtungshaus Ralle) kleckerte es herunter. »Reg dich nicht auf«, sagte mein Mann, »das kannst du wegwischen.«

Jetzt war Schluss – ich bestand darauf. Pitti wurde mit viel Mühe in den Käfig zurückbefördert. Dabei ging eine Vase zu Bruch, das Bücherregal drohte umzustürzen,

Fritz fiel über die Teppichkante, es war ein Chaos, aber zum Schluss saß Pitti wieder im Käfig.

Der Fleck an meinem Lampenschirm ließ sich nicht entfernen. Er ist heute noch sichtbar.
Kategorisch erklärte ich: »Der Vogel bleibt im Käfig.«
Zwei Tage hielt ich es durch. Pitti sang nicht, piepste wieder kläglich, verlor Federchen. Er beachtete keinen von uns.

Es war schrecklich, bis mein Fritz auf die Idee kam: »Häng doch etwas über die Lampe.« Gesagt, getan. Ein Betttuch wurde über den teuren Lampenschirm gehängt, das Käfigtürchen geöffnet und der Vogel flog, ja, er flog zwitschernd, geradezu jauchzend durch den Raum.

Wohlgefällig schauten wir zu. Aber, o Schreck, was war das? Wo ließ sich der Kerl jetzt nieder? Auf dem Schreibtischsessel – dem teuren, mit Seidenbezug, hellgrau. Fritz konnte nur noch stammeln: »Schnell ein Bettlaken!« Und dann war auch dieser Sessel mit einem Betttuch verhängt.

Ja – unsere Wohnung war nicht mehr wiederzuerkennen. Unsere Freunde lachten. »Apart, die Bettlaken«, meinten sie, »und so praktisch.«

Wir ließen uns nicht beirren.

Uns störten die Bettlaken nicht und unser Vögelchen sang, flog und gedieh prächtig. Wir hatten viel Freude an ihm. Er lief mir über den Teppich nach und wurde handzahm. Um nichts in der Welt hätten wir ihn missen mögen.

Die Lottis

Unsere Freundschaft mit den Lottis besteht schon Jahrzehnte.

Karl spielte mit meinem Mann in einer Fußballmannschaft und Lotti und ich kamen uns auf der Tribüne beim Zuschauen, Anfeuern und bei anschließenden Jubelfeiern näher.

Lotti ist eine echte Rheinländerin, klein, dunkelhaarig, etwas gedrungen. Mein Vater – der nicht aus dem Rheinland stammt – nennt diesen Frauentyp »Rheinisches Zwergpferd«, was keinesfalls abqualifizierend, vielmehr recht liebevoll gemeint ist. Wer eine Vorliebe für diese Pferdeart hat, weiß, was ich meine. Mich – die ich auch diesem Typ zugehöre – nannte er auch stets so.

Lottis herausragendste Eigenschaft ist Tüchtigkeit.
Sie ist Buchhalterin und ich könnte mir keinen passenderen Beruf vorstellen. Ordnung – Akkuratesse – Sorgfalt – das sind ihre hervorstechenden Merkmale.
Wohl dem Betrieb, der so eine Kraft hat. Ich kann mir nicht vorstellen, dass Lotti jemals nach einem Pfennig suchen musste. Ich bin sicher, Soll und Haben stimmen bei ihr immer.

Entsprechend ihrer Wesensart ist auch Lottis Äußeres. Haarsträhne bei Haarsträhne genauestens gestylt und gesprayt, die Kragen blütenweiß, die Kleider stets frisch gebügelt und gestärkt (Knitterleinen gibt es bei ihr nicht).

Wie Lotti selbst, so sieht auch ihr Reihenhäuschen aus. Ein Schmuckstück. Hier verirrt sich kein Grashalm zwischen die Terrassenplatten (wie bei mir), die Beete sehen aus wie auf der Bundesgartenschau – Unkraut gibt es nicht. (Ich habe fast das Gefühl, dass Unkraut bei Lotti gar nicht zu wachsen wagt. Mir würde es als Unkraut jedenfalls so gehen.)

Und dann erst das Haus.
Die Gardinen schneeweiß, die Fenster blitzblank. Vom Fußboden kann man sprichwörtlich essen. Und dabei, das muss ich besonders lobend erwähnen, ist es bei ihr immer herrlich gemütlich.
Eine großartige Hausfrau ist sie also auch.

So wie sich selbst sowie Haus und Garten pflegt Lotti auch ihren Karl. Auch Karl wirkt immer wie aus dem Ei gepellt – dank Lotti.
Lotti kauft für ihn Hosen und Jacken, selbst Schuhe, sogar die Sportsachen, er braucht dann nur noch hineinzuschlüpfen (ich habe aber den Verdacht, auch das tut er wohl noch mit ihrer Hilfe). Jetzt erklärt sich wohl auch, warum sie bei uns »die Lottis« heißen.

Mein Mann schwärmte immer von Karls Fußballtasche. »Alles so geordnet – wie bei der Bundeswehr«, meinte er und fuhr anerkennend fort: »Und immer alles frisch gewaschen und gebügelt.« Der Hieb galt mir, aber auf dem Ohr war ich taub. Das hätte gerade noch gefehlt, dass ich mich um die Fußballsachen kümmerte.

Ab und an schlug Karl etwas über die Stränge. (Ich kann mir vorstellen, dass so viel Ordnung und Tüchtigkeit einem manchmal an die Nerven gehen.) Er feierte dann nach dem Fußballspiel tüchtig und dachte nicht daran, zeitig in sein ordentliches Heim zurückzukehren. Lotti musste ihn dann abholen. Sie verfrachtete ihn ins Auto – immer adrett und nett. Aber für eine Zeit lang war Karl dann aus dem Verkehr gezogen.

Sie hat uns allerdings nie verraten, wie sie ihn stets wieder zur Räson gebracht hat. Karls Ausrutscher wurden aber immer seltener.

Die Lottis haben keine Kinder.
Eines Tages verliebte sich Lotti in einen schwarzen Kater und er wurde ihr Kindersatz.
Der Kater – »der Dicke« genannt (und so sah er auch aus) – brachte in Lottis Leben die erste Unordnung, aber wie sich später herausstellte, konnte sie auch ihn zu ihrer Ordnung bekehren.

Der Dicke ähnelte bald Lotti mit seinem schwarzen glänzenden Fell – er war ein Prachtkerl –, aber auch er wirkte immer irgendwie gestylt und proper.

Der Kater durfte auf dem besten Sessel sitzen, auf den Schrank springen, über den Tisch laufen. Nie sah ich jedoch Katzenhaare, nie einen Kratzer an den Möbeln.

Der Freiheitsdrang des Dicken machte Lotti große Sorgen. Ihr Haus lag nahe einer verkehrsreichen Straße und sie war voller Angst, dass dem Kater etwas zustoßen könnte. Abhilfe war bald geschaffen. Der Dicke wurde in ihrem Zwergengärtchen (10 m x 10 m) angepflockt. Dieses Bild werde ich nicht vergessen.

Der Dicke saß schläfrig unter der Tanne oder spazierte gravitätisch – die lange Leine ignorierend – über den Rasen. Wehe, es flog ein Vogel vorbei, dann vergaß er die Leine, sprang auf den Vogel los und wurde dann durch den Schwung der Leine wie ein Bumerang mit voller Wucht zurückkatapultiert.

Ich fand das schrecklich. Aber alle meine Vorhaltungen nutzten nichts. Der Dicke blieb angepflockt.

Wenn Lottis verreisten, musste der Dicke in Pflege gegeben werden. Es brach ihnen fast das Herz. Lange Zettel mit zu beachtenden Hinweisen wurden gefertigt und den »Pflegeeltern« überreicht.

Und nun kommt das Stärkste!
Vor jeder Reise wurde von den Lottis ein Testament gemacht und die Pflegeeltern wurden als Erben mit Auflagen eingesetzt. Da sie nach Rückkehr von den Reisen fast immer mit der Pflege und Haltung ihres Katers

nicht zufrieden waren und daran zu nörgeln hatten, wurden stets neue Pflegeeltern gesucht und neue Testamente wurden erforderlich.

Wir haben uns köstlich darüber amüsiert.

An uns als Pflegeeltern haben sie zum Glück nicht gedacht, da wir beide berufstätig waren und damit für ihren Dicken zu wenig Zeit gehabt hätten.

Eines Tages erlitt Lotti Asthmaanfälle und die ärztliche Diagnose lautete »Allergie gegen Katzenhaare«.

Der Dicke musste abgegeben werden; es brach den Lottis fast das Herz und wir – ja, alle Freunde – waren froh, als Lotti ihren Kummer überwunden hatte.

Der Dicke ist in gute Hände gekommen. Lotti besucht ihn oft. Ich habe ihn auch gesehen. Er sieht nicht mehr so proper aus. Dünner ist er auch geworden. »Er streunt viel«, sagte die neue Besitzerin, aber mir war, als ob der Dicke mir bei diesen Worten zublinzelte und damit sagen wollte: »Das ist jetzt ein echtes Katerleben.«

Jetzt konnte sich Lotti wieder voll ihrem Haus, Garten und Karl widmen.

Inspiration für eine Rede zu einem 70. Geburtstag einer guten Freundin

Du bist 70 Jahre alt geworden.
Aber was sagt man zu einem solchen Ereignis? Was sagt man jemandem, der 70 Lebensjahre vollendet hat?
Mit Höhen und Tiefen, mit Freud und Leid.
Es ist mir nur ein Satz eingefallen:
Fürchte dich nicht.
Fürchte dich nicht vor der Zahl 70, die den Eintritt in das achte Jahrzehnt bedeutet.
Wenn auch Moses im 90. Psalm sagt, dass unser Leben 70 Jahre währt und wenn es hoch kommt 80 Jahre und wenn es köstlich war, nur aus Arbeit und Mühsal bestanden hat.

Das stimmt heute alles nicht mehr. Na, Moses hat ja auch vor mehr als 3000 Jahren gelebt.
Was er wohl sagen würde, wenn er die heutigen Siebziger sehen würde?
Man nennt sie heute Best Ager, Silver Surfer oder auch die Generation 50 Plus.

Sie entsprechen dem Altersklischee früherer Zeiten nicht mehr.
Heute spricht man von der dritten Lebenshälfte.

Alles ist möglich.

80-Jährige besteigen den Mount Everest. Großmütter tragen die gleichen Jeans wie ihre Enkelinnen.
Die Best Ager reisen um die Welt, verlieben sich – oft in Jüngere. Genießen das Leben in vollen Zügen.
Nix von »das Leben ist nur Arbeit und Mühsal«.

Du bist das beste Beispiel für diesen Umschwung.
Du siehst heute nicht älter aus, um nicht zu übertreiben, kaum älter als vor 20 Jahren, als ich dich kennenlernte.
Du hast dir deine Jugendlichkeit bewahrt.
Du bist quirlig, umtriebig und wahrhaft trendig, wie es heute so auf Neudeutsch heißt.
Besuchst Seminare an der Uni, reist um die Welt, nicht nur zum Vergnügen, sondern auch der Bildung wegen.
Du bist vielen eine große Stütze. Hast einen großen Freundeskreis, den du oft lukullisch verwöhnst.
Und deine Familie hält dich mitunter auf Trab, du bist immer bereit, wenn Not am Mann beziehungsweise an der Frau ist.
Du bist immer auf dem Laufenden. Selbst die Technik beherrschst du perfekt. Smartphone und Alexa sind für dich selbstverständlich. Du bist weit entfernt von allem, was man mit Altsein in Verbindung bringt. Wie zum Beispiel Sofa, graue Schuhe und Dauergast in ärztlichen Praxen.

Du bist in jeder Hinsicht jung geblieben. Du resignierst nicht.
Dein Leben war sicher auch nicht immer leicht.
Beruf und Familie waren in Einklang zu bringen.
Krankheiten zu überstehen.

Von dir kann man sagen:
Wer nicht rastet, rostet auch nicht.
Ich habe ein Buch gelesen: »Entscheide selbst, wie alt
du bist«.
Der Autor spricht nicht vom Altwerden, sondern vom
Jungbleiben.
Er könnte dich damit gemeint haben.
Damit du weiterhin so munter und optimistisch durch
dein Leben schreitest, will ich dir verraten, wie es die
Rheinländer schaffen, alles mit Leichtigkeit und Humor
zu überstehen. Sie haben Regeln aufgestellt, die sie das
Kölsche Grundgesetz nennen. Ich will einige nennen:

Also: Uppjepasst – wie der Kölsche sagt.

Et es wie et es.
Et kütt wie et kütt.
Et hät noch immer jot jejange.
Watt fott es, es fott.
Et bliev nix, wie et wor.
Kenne mer net, bruche mer net, fott damit.
Drinkste ene met?

Die Beherzigung dieser Lebensweisheiten wird für ein
gutes Nervenkostüm und ein ausgeglichenes Seelenle-
ben sorgen.
Sie werden helfen, gesund, zufrieden und jung zu bleiben, damit ich dir zu deinem 80. und 90. noch eine Rede
halten kann.

Rede zum 75. Geburtstag

Müssen Sie auch eine Rede zu einem 75. Geburtstag schreiben?
Dann kann ich Sie vielleicht ein wenig inspirieren.

Ihr Jubilar heißt wahrscheinlich Karl, Heinz, Paul, Fritz, Horst oder Heinz, das waren zu dieser Zeit häufige Namen.
Man könnte die Rede auch für eine Jubilarin schreiben, aber welche Frau wird gern andauernd mit ihrem 75. Lebensjahr konfrontiert? Nur ganz Mutige, Emanzipierte machen aus ihrem Alter kein Geheimnis.

Mein Jubilar hieß Karl und so habe ich ihm gratuliert:

Lieber Karl,

heute bist zu 75 Jahre geworden. Damit besteht dein Lebensalter – 75 – aus zwei magischen Zahlen, der Sieben und der Fünf.
Da ist zunächst die Sieben.
Die, die in der Schule in Mathematik aufgepasst haben, wissen, dass es sich um eine Primzahl handelt, sie ist nur durch sich selbst und durch eins teilbar.
Nebenbei: War das eigentlich schon einmal eine Frage bei Jauch?
Das macht sie schon besonders.

Darüber hinaus hat die Sieben auch im Bewusstsein vieler Kulturen eine herausragende Bedeutung.
Woran man das erkennt?
An vielen Beispielen.
Es gibt die sieben Schöpfungstage, den berühmten jüdischen siebenarmigen Leuchter, die Menora, und das Buch mit den sieben Siegeln.
Die Antike besaß sieben Weltwunder.
Ich will sie nicht alle aufführen, übrig geblieben sind nur noch die Pyramiden von Gizeh.

Auch im Märchen spielt die Zahl Sieben eine herausragende Rolle.
Denk an das tapfere Schneiderlein mit »sieben auf einen Streich«, den Wolf mit den sieben Geißlein oder an Schneewittchen mit den sieben Zwergen hinter den sieben Bergen und an die Siebenmeilenstiefel.

Die Sieben hatte also nachweislich immer eine besondere Bedeutung.

Auf die Sieben folgt dann die – Fünf. Auch sie ist eine Primzahl. Auch mit dieser Zahl verbinden wir viel.
Fünf Finger hat die Hand. Man soll seine fünf Sinne immer beieinanderhaben. Im fortgeschrittenen Alter ist das besonders wichtig.
Wir kennen die fünf Wundmale Christi im Christentum und zu den Grundlagen des Islam zählen die fünf Säulen und fünfmal sollen Gläubige ihr Gebet verrichten.
Auch in der Magie spielt die Zahl Fünf eine Rolle.

Der kreuzweisen Verbindung von fünf Punkten, dem Pentagramm, auch Drudenfuß genannt, wurden magische, das Böse abwehrende Kräfte zugeschrieben.

Lieber Karl, nun weißt du, welche magischen Zahlen dich das neue Jahr hindurch begleiten.
Ein solches Jahr muss einfach hervorragend werden.

Und wie heißt es in der Bibel: Der Glaube versetzt Berge.
Aber nicht nur der Glaube hilft, sondern auch viele gute Wünsche.

Ich wünsche ein gesundes, erlebnisreiches, glückliches neues Lebensjahr voller Zauber und Magie.

Komm, Schlafes Bruder

Komm, Schlafes Bruder, nimm mich in den Arm.
Halte mich zärtlich, halte mich warm.
Vertreibe Leid und Schmerz.
Lass stille steh'n mein Herz.
Geh mit mir Hand in Hand
in das unbekannte Land.
Ich bin bereit
für die Reise in die Ewigkeit.

Aus und vorbei

Ich bin alt und meine Füße sind immer kalt.
Ich kann nicht mehr gut sehen, nicht schnell laufen.
Bald werde ich meine letzten Schuhe kaufen.
Dann kommt das Sterben.
Einige werden trauern, doch freu'n wird's die Erben.

Ich werde das letzte Geheimnis ergründen,
die Wahrheit über den Tod herausfinden.
Komme ich ins Paradies,
wie die Kirche es verhieß?
Oder muss ich in der Hölle sitzen,
mit roten Ohren immer schwitzen?
Werden die guten Taten gegen meine Sünden
aufgewogen?
Kommt mir ein Engel zur Hilfe geflogen?
Oder geht es mir wie Hund, Katze und Maus,
und es ist einfach alles nur aus?

Von der Autorin bereits erschienen:

Menschen, Macken, Morde
96 Seiten, ISBN 978-3-7357-3088-6
Töchter, Mütter, die Ehe, das Alter – das Leben sorgt für viele Themen, Menschliches und Zwischenmenschliches. 22 Texte zum Mit- und Nachdenken werfen mal einen melancholischen, mal einen kämpferischen und oft einen augenzwinkernden Blick auf das Leben und seine Untiefen. Ob Midlife-Crisis, Golfplatz, Nachbarschaft oder Bettenkauf, überall lauern kleinere und größere Herausforderungen. Aber es wird auch unheimlich, wenn Geliebte sich in Fische verwandeln, Rache seltsame Formen annimmt und böse, böse Mädchen sich nichts mehr bieten lassen wollen.

Liebe, Diebe, Triebe
104 Seiten, ISBN 978-3-7412-4335-6
Was ist Liebe? Renate Spiecker gibt die Antwort. Sie hat Glück und Leid, Frust und Lust in kleine gereimte Geschichten verpackt. Mit einem Augenzwinkern erzählt sie von schönen und schrecklichen Momenten, von Angst und Verzweiflung, von Sehnsucht und Glück. Es gelingt der Autorin, viele Wahrheiten auf den Punkt zu bringen, mal anrührend, mal besinnlich, aber auch frech und provozierend. Die beigefügten witzigen Illustrationen ergänzen die Reime vortrefflich.